徐志摩 著

再别康桥

徐志摩诗文精选

四川文艺出版社

图书在版编目（CIP）数据

再别康桥：徐志摩诗文精选/徐志摩著. -- 2版. -- 成都：四川文艺出版社，2021.3
ISBN 978-7-5411-5939-8

Ⅰ.①再… Ⅱ.①徐… Ⅲ.①诗集—中国—现代②散文集—中国—现代 Ⅳ.①I216.2

中国版本图书馆CIP数据核字（2021）第010963号

ZAI BIE KANG QIAO：XU ZHI MO SHI WEN JING XUAN
再别康桥：徐志摩诗文精选
徐志摩　著

出 品 人	张庆宁
责任编辑	朱　兰　蔡　曦
封面设计	叶　茂
内文设计	史小燕
责任校对	汪　平
责任印制	桑　蓉

出版发行	四川文艺出版社（成都市槐树街2号）
网　　址	www.scwys.com
电　　话	028-86259287（发行部）　028-86259303（编辑部）
传　　真	028-86259306
邮购地址	成都市槐树街2号四川文艺出版社邮购部　610031
排　　版	四川胜翔数码印务设计有限公司
印　　刷	四川机投印务有限公司
成品尺寸	145mm×210mm　开　本　32开
印　　张	7.25　字　数　150千
版　　次	2021年3月第二版　印　次　2021年3月第一次印刷
书　　号	ISBN 978-7-5411-5939-8
定　　价	25.00元

版权所有·侵权必究。如有质量问题，请与出版社联系更换。028-86259301

CONTENTS
目录

志摩的诗

雪花的快乐 3
沙扬娜拉一首 5
落叶小唱 6
这是一个懦怯的世界 8
去　罢 10
一星弱火 12
为要寻一个明星 14
多谢天！我的心又一度的跳荡 16
我有一个恋爱 18
月下雷峰影片 20
沪杭车中 21
天国的消息 22
她是睡着了 23
朝雾里的小草花 26

在那山道旁........................27
"石虎胡同七号"
　——赠寰季常先生..................29
残　诗..............................31
常州天宁寺闻礼忏声..................32

翡冷翠的一夜

翡冷翠的一夜......................37
呻吟语............................41
偶　然............................42
珊　瑚............................43
变与不变..........................44
丁当——清新......................45
我来扬子江边买一把莲蓬............46
客　中............................48
三月十二深夜大沽口外..............50
半夜深巷琵琶......................52
"起造一座墙"....................53
天神似的英雄......................54
再不见雷峰........................55
"这年头活着不易"................57

海韵......59
苏苏......62

猛虎集

我等候你......67
渺小......71
在不知名的道旁（印度）......72
再别康桥......74
黄鹂......76
山中......77
生活......79
残春......80
残破......81
"我不知道风是在哪一个方向吹"...84

云游集

云游......89
火车擒住轨......90
在病中......92
难忘......94

美 文

印度洋上的秋思..................97
翡冷翠山居闲话..................105
我所知道的康桥..................109
北戴河海滨的幻想..................121
泰山日出..................125
天目山中笔记..................128
自　剖..................133
再　剖..................141
落　叶..................147
海滩上种花..................166
给抱怨生活干燥的朋友............174
泰戈尔..................177
南行杂记..................184
巴黎的鳞爪..................196
《猛虎集》序文..................216

志摩的诗

《志摩的诗》是徐志摩自己编选的第一部诗集,主要收录1922—1924年之间的作品。

志田與志

雪花的快乐

假如我是一朵雪花,
翩翩的在半空里潇洒,
　我一定认清我的方向——
　　飞飏,飞飏,飞飏,——
这地面上有我的方向。

不去那冷寞的幽谷,
不去那凄清的山麓,
　也不上荒街去惆怅——
　　飞飏,飞飏,飞飏,——
你看,我有我的方向!

在半空里娟娟的飞舞,
认明了那清幽的住处,
　等着她来花园里探望——
　　飞飏,飞飏,飞飏,——
啊,她身上有朱砂梅的清香!

那时我凭借我的身轻，
盈盈的，沾住了她的衣襟，
贴近她柔波似的心胸——
　　消溶，消溶，消溶——
溶入了她柔波似的心胸！

沙扬娜拉一首①

赠日本女郎

最是那一低头的温柔,
　像一朵水莲花不胜凉风的娇羞,
道一声珍重,道一声珍重,
　那一声珍重里有蜜甜的忧愁——
　　沙扬娜拉!

---

① 此诗是组诗《沙扬娜拉十八首》中最后一首。组诗收在初版本《志摩的诗》里,再版时,作者删除了前十七首,仅存这一首。沙扬娜拉:日语"再见"的音译。

落叶小唱

一阵声响转上了阶沿,
　(我正挨近着梦乡边;)
这回准是她的脚步了,我想——
　　在这深夜!

一声剥啄在我的窗上,
　(我正靠紧着睡乡旁;)
这准是她来闹着玩——你看,
　　我偏不张皇!

一个声息贴近我的床,
我说(一半是睡梦,一半是迷惘;)——
"你总不能明白我,你又何苦
　　多叫我心伤!"

一声喟息落在我的枕边,
　(我已在梦乡里留恋;)
"我负了你"你说——你的热泪
　　烫着我的脸!

这声响恼着我的梦魂,
　(落叶在庭前舞,一阵,又一阵;)
梦完了,呵,回复清醒;恼人的——
　　却只是秋声!

这是一个懦怯的世界

这是一个懦怯的世界：
　容不得恋爱，容不得恋爱！
披散你的满头发，
赤露你的一双脚；
　跟着我来，我的恋爱，
抛弃这个世界
殉我们的恋爱！

我拉着你的手，
爱，你跟着我走；
　听凭荆棘把我们的脚心刺透，
　听凭冰雹劈破我们的头，
你跟着我走，
我拉着你的手，
　逃出了牢笼，恢复我们的自由！
　跟着我来，

我的恋爱！
人间已经掉落在我们的后背，——
看呀，这不是白茫茫的大海？

白茫茫的大海，
白茫茫的大海，
无边的自由，我与你与恋爱！

顺着我的指头看，
那天边一小星的蓝——
　　那是一座岛，岛上有青草，
　　鲜花，美丽的走兽与飞鸟；
快上这轻快的小艇，
去到那理想的天庭——
　　恋爱，欢欣，自由——辞别了人间，永远！

去 罢

去罢,人间,去罢!
　我独立在高山的峰上;
去罢,人间,去罢!
　我面对着无极的穹苍。

去罢,青年,去罢!
　与幽谷的香草同埋;
去罢,青年,去罢!
　悲哀付与暮天的群鸦。

去罢,梦乡,去罢!
　我把幻景的玉杯摔破;
去罢,梦乡,去罢!
　我笑受山风与海涛之贺。

去罢,种种,去罢!
　　当前有插天的高峰;
去罢,一切,去罢!
　　当前有无穷的无穷!

一星弱火

我独坐在半山的石上,
　　看前峰的白云蒸腾,
一只不知名的小雀,
　　嘲讽着我迷惘的神魂。

白云一饼饼的飞升,
　　化入了辽远的无垠;
但在我逼仄的心头,啊,
　　却凝敛着惨雾与愁云!

皎洁的晨光已经透露,
　　洗净了青屿似的前峰;
像墓墟间的磷光惨淡,
　　一星的微焰在我的胸中。

但这惨淡的弱火一星,
　　照射着残骸与余烬,
虽则是往迹的嘲讽,
　　却绵绵的长随时间进行!

为要寻一个明星

我骑着一匹拐腿的瞎马,
　　向着黑夜里加鞭;——
　　向着黑夜里加鞭,
我跨着一匹拐腿的瞎马。

我冲入这黑绵绵的昏夜,
　　为要寻一颗明星;——
　　为要寻一颗明星,
我冲入这黑茫茫的荒野。

累坏了,累坏了我胯下的牲口,
　　那明星还不出现;——
　　那明星还不出现,
累坏了,累坏了马鞍上的身手。

这回天上透出了水晶似的光明,
　　荒野里倒着一只牲口,
　　黑夜里躺着一具尸首。——
这回天上透出了水晶似的光明!

多谢天！我的心又一度的跳荡

多谢天！我的心又一度的跳荡，
这天蓝与海青与明洁的阳光，
驱净了梅雨时期无欢的踪迹，
也散放了我心头的网罗与纽结，
像一朵曼陀罗花英英的露爽，
在空灵与自由中忘却了迷惘：——
迷惘，迷惘！也不知来自何处，
囚禁着我心灵的自然的流露，
可怖的梦魇，黑夜无边的惨酷，
苏醒的盼切，只增剧灵魂的麻木！
曾经有多少的白昼，黄昏，清晨，
嘲讽我这蚕茧似不生产的生存？
也不知有几遭的明月，星群，晴霞，
山岭的高亢与流水的光华……
辜负！辜负自然界叫唤的殷勤，
惊不醒这沉醉的昏迷与顽冥！
如今，多谢这无名的博大的光辉，

在艳色的青波与绿岛间萦洄,
更有那渔船与航影,亭亭的粘附
在天边,唤起辽远的梦景与梦趣:

我不由的惊悚,我不由的感愧
(有时微笑的妩媚是启悟的棒槌!)
是何来倏忽的神明,为我解脱
忧愁,新竹似的豁裂了外箨,
透露内裹的青篁,又为我洗净
障眼的盲翳,重见宇宙间的欢欣。

这或许是我生命重新的机兆;
大自然的精神!容纳我的祈祷,
容许我的不踌躇的注视,容许
我的热情的献致,容许我保持
这显示的神奇,这现在与此地,
这不可比拟的一切间隔的毁灭!
我更不问我的希望,我的惆怅,
未来与过去只是渺茫的幻想,
更不向人间访问幸福的进门,
只求每时分给我不死的印痕,——
变一颗埃尘,一颗无形的埃尘,
追随着造化的车轮,进行,进行,……

我有一个恋爱

我有一个恋爱；——
我爱天上的明星；
我爱它们的晶莹：
　　人间没有这异样的神明。

在冷峭的暮冬的黄昏，
在寂寞的灰色的清晨。
在海上，在风雨后的山顶——
　　永远有一颗，万颗的明星！

山涧边小草花的知心，
高楼上小孩童的欢欣，
旅行人的灯亮与南针：——
　　万万里外闪烁的精灵！

我有一个破碎的魂灵,
像一堆破碎的水晶,
散布在荒野的枯草里——
　　饱啜你一瞬瞬的殷勤。

人生的冰激与柔情,
我也曾尝味,我也曾容忍;
有时阶砌下蟋蟀的秋吟,
　　引起我心伤,逼迫我泪零。

我袒露我的坦白的胸襟,
　　献爱与一天的明星;
任凭人生是幻是真,
地球存在或是消泯——
　　太空中永远有不昧的明星!

月下雷峰影片

我送你一个雷峰塔影,
　满天稠密的黑云与白云;
我送你一个雷峰塔顶,
　明月泻影在眠熟的波心。

深深的黑夜,依依的塔影,
　团团的月彩,纤纤的波鳞——
假如你我荡一支无遮的小艇,
　假如你我创一个完全的梦境!

沪杭车中

　　匆匆匆！催催催！
一卷烟，一片山，几点云影，
一道水，一条桥，一支橹声，
一林松，一丛竹，红叶纷纷；

　　艳色的田野，艳色的秋景，
梦境似的分明，模糊，消隐，——
　　催催催！是车轮还是光阴？
催老了秋容，催老了人生！

天国的消息

可爱的秋景!无声的落叶,
轻盈的,轻盈的,掉落在这小径,
竹篱内,隐约的,有小儿女的笑声;

呖呖的清音,缭绕着村舍的静谧,
仿佛是幽谷里的小鸟,欢噪着清晨,
驱散了昏夜的晦塞,开始无限光明。

霎那的欢欣,昙花似的涌现,
开豁了我的情绪,忘却了春恋,
人生的惶惑与悲哀,惆怅与短促——
在这稚子的欢笑声里,想见了天国!

晚霞泛滥着金色的枫林,
凉风吹拂着我孤独的身形;
我灵海里啸响着伟大的波涛,
应和更伟大的脉搏,更伟大的灵潮!

她是睡着了

　　她是睡着了——
星光下一朵斜欹的白莲；
　　她入梦境了——
香炉里袅起一缕碧螺烟。

　　她是眠熟了——
涧泉幽抑了喧响的琴弦；
　　她在梦乡了——
粉蝶儿，翠蝶儿，翻飞的欢恋。

　　停匀的呼吸：
清芬渗透了她的周遭的清氛；
　　有福的清氛，
怀抱着，抚摩着，她纤纤的身形！

　　奢侈的光阴！
静，沙沙的尽是闪亮的黄金，

平铺着无垠,——
波鳞间轻漾着光艳的小艇。

　　醉心的光景:
给我披一件彩衣,啜一坛芳醴,
　　折一枝藤花,
舞,在葡萄丛中,颠倒,昏迷。

　　看呀,美丽!
三春的颜色移上了她的香肌,
　　是玫瑰,是月季,
是朝阳里的水仙,鲜妍,芳菲!

　　梦底的幽秘,
挑逗着她的心——纯洁的灵魂,
　　像一只蜂儿,
在花心,恣意的唐突——温存。

　　童真的梦境!
静默;休教惊断了梦神的殷勤;
　　绸一丝金络,

绸一丝银络,绸一丝晚霞的紫曛;

玉腕与金梭,
织缣似的精审,更番的穿度——
　　化生了彩霞,
神阙,安琪儿的歌,安琪儿的舞。

　　可爱的梨涡,
解释了处女的梦境的欢喜,
　　像一颗露珠,
颤动的,在荷盘中闪耀着晨曦!

朝雾里的小草花

这岂是偶然，小玲珑的野花！
　你轻含着鲜露颗颗，
　　怦动的像是慕光明的花蛾，
在黑暗里想念焰彩，晴霞；

我此时在这蔓草丛中过路，
　无端的内感，惆怅与惊讶，
　　在这迷雾里，在这岩壁下，
思忖着，泪怦怦的，人生与鲜露？

在那山道旁

在那山道旁,一天雾蒙蒙的朝上,
初生的小蓝花在草丛里窥觑,
我送别她归去,与她在此分离,
在青草里飘拂,她的洁白的裙衣。

我不曾开言,她亦不曾告辞,
驻足在山道旁,我暗暗的寻思;
"吐露你的秘密,这不是最好时机?"——
露湛的小草花,仿佛恼我的迟疑。

为什么迟疑,这是最后的时机,
在这山道旁,在这雾茫的朝上?
收集了勇气,向着她我旋转身去:——
但是啊!为什么她这满眼凄惶?

我咽住了我的话,低下了我的头:
火灼与冰激在我的心胸间回荡,
啊,我认识了我的命运,她的忧愁,——
在这浓雾里,在这凄清的道旁!

在那天朝上,在雾茫茫的山道旁,
新生的小蓝花在草丛里睥睨,
我目送她远去,与她从此分离——
在青草间飘拂,她那洁白的裙衣!

"石虎胡同七号"①
——赠寨季常先生②

我们的小园庭,有时荡漾着无限温柔;
善笑的藤娘,袒酥怀任团团的柿掌绸缪,
百尺的槐翁,在微风中俯身将棠姑抱搂,
黄狗在篱边,守候睡熟的珀儿,它的小友,
小雀儿新制求婚的艳曲,在媚唱无休——
我们的小园庭,有时荡漾着无限温柔。

我们的小园庭,有时淡描着似梦之景;
雨过的苍茫与满庭荫绿,织成无声幽冥,
小蛙独坐在残兰的胸前,听隔院蚓鸣,
一片化不尽的雨云,倦展在老槐树顶,
掠檐前作圆形的舞旋,是蝙蝠,还是蜻蜓?
我们的小园庭,有时淡描着似梦之景。

---

① 石虎胡同七号,即位于北京西单牌楼石虎胡同七号专藏外文图书的北京松坡图书馆。徐志摩"打工"的桃花源。
② 寨季常,即诗中第四节中的"赛蹇翁",松坡图书馆第二馆的实际负责人。

我们的小园庭，有时轻喟着一声奈何；
奈何在暴雨时，雨槌下捣烂鲜红无数，
奈何在新秋时，未凋的青叶惆怅地辞树，
奈何在深夜里，月儿乘云艇归去，西墙已度，
远巷薤露的乐音，一阵阵被冷风吹过——
我们的小园庭，有时轻喟着一声奈何。

我们的小园庭，有时沉浸在快乐之中；
雨后的黄昏，满院只美荫，清香与凉风，
大量的蹇翁，巨樽在手，蹇足直指天空，
一斤，两斤，杯底喝尽，满怀酒欢，满面酒红，
连珠的笑响中，浮沉着神仙似的酒翁——
我们的小园庭，有时沉浸在快乐之中。

残　诗

怨谁？怨谁？这不是青天里打雷？
关着，锁上；赶明儿瓷花砖上堆灰！
别瞧这白石台阶儿光润，赶明儿，唉，
石缝里长草，石板上青青的全是莓！
那廊下的青玉缸里养着鱼，真凤尾，
可还有谁给换水，谁给捞草，谁给喂？
要不了三五天准翻着白肚鼓着眼，
不浮着死，也就让冰分儿压一个扁！
顶可怜是那几个红嘴绿毛的鹦哥，
让娘娘教得顶乖，会跟着洞箫唱歌，
真娇养惯，喂食一迟，就叫人名儿骂，
现在，您叫去！就剩空院子给您答话！……

常州天宁寺闻礼忏声

　　有如在火一般可爱的阳光里，偃卧在长梗的，杂乱的丛草里，听初夏第一声的鹧鸪，从天边直响入云中，从云中又回响到天边；

　　有如在月夜的沙漠里，月光温柔的手指，轻轻的抚摩着一颗颗热伤了的砂砾，在鹅绒般软滑的热带的空气里，听一个骆驼的铃声，轻灵的，轻灵的，在远处响着，近了，近了，又远了……

　　有如在一个荒凉的山谷里，大胆的黄昏星，独自临照着阳光死去了的宇宙，野草与野树默默的祈祷着，听一个瞎子，手扶着一个幼童，铛的一响算命锣，在这黑沉沉的世界里回响着；

　　有如在大海里的一块礁石上，浪涛像猛虎般的狂扑着，天空紧紧的绷着黑云的厚幕，听大海向那威吓着的风暴，低声的，柔声的，忏悔它一切的罪恶；

　　有如在喜马拉雅的顶巅，听天外的风，追赶着天外的云的急步声，在无数雪亮的山壑间回响着；

　　有如在生命的舞台的幕背，听空虚的笑声，失望与痛苦的呼吁声，残杀与淫暴的狂欢声，厌世与自杀的高歌声，在生命的舞台上合奏着；

我听着了天宁寺的礼忏声！

这是哪里来的神明？人间再没有这样的境界！

这鼓一声，钟一声，磬一声，木鱼一声，佛号一声……乐音在大殿里，迂缓的，曼长的回荡着，无数冲突的波流谐合了，无数相反的色彩净化了，无数现世的高低消灭了……

这一声佛号，一声钟，一声鼓，一声木鱼，一声磬，谐音盘礴在宇宙间——解开一小颗时间的埃尘，收束了无量数世纪的因果；

这是哪里来的大和谐——星海里的光彩，大千世界

的音籁,真生命的洪流:止息了一切的动,一切的扰攘;

在天地的尽头,在金漆的殿椽间,在佛像的眉宇间,在我的衣袖里,在耳鬓边,在官感里,在心灵里,在梦里……

在梦里,这一瞥间的显示,青天,白水,绿草,慈母温软的胸怀,是故乡吗?是故乡吗?

光明的翅羽,在无极中飞舞!
大圆觉底里流出的欢喜,在伟大的,庄严的,寂灭的,无疆的,和谐的静定中实现了!

颂美呀,涅槃!赞美呀,涅槃!

翡冷翠的一夜

《翡冷翠的一夜》是徐志摩的第二部诗集,主要收录1925—1927年之间的作品。

第一篇 緒論

翡冷翠①的一夜

你真的走了,明天?那我,那我,……
你也不用管,迟早有那一天;
你愿意记着我,就记着我,
要不然趁早忘了这世界上
有我,省得想起时空着恼,
只当是一个梦,一个幻想,
只当是前天我们见的残红,
怯怜怜的在风前抖擞,一瓣,
两瓣,落地,叫人踩,变泥……
唉,叫人踩,变泥——变了泥倒干净,
这半死不活的才叫是受罪,
看着寒伧,累赘,叫人白眼——
天呀!你何苦来,你何苦来……
我可忘不了你,那一天你来,
就比如黑暗的前途见了光彩,

---

① 通译为"佛罗伦萨"。

你是我的先生,我爱,我的恩人,
你教给我什么是生命,什么是爱,
你惊醒我的昏迷,偿还我的天真,

没有你我哪知道天是高,草是青?
你摸摸我的心,它这下跳得多快;
再摸我的脸,烧得多焦,亏这夜黑
看不见;爱,我气都喘不过来了,
别亲我了;我受不住这烈火似的活,
这阵子我的灵魂就像是火砖上的
熟铁,在爱的锤子下,砸,砸,火花
四散的飞洒……我晕了,抱着我,
爱,就让我在这儿清静的园内,
闭着眼,死在你的胸前,多美!
头顶白杨树上的风声,沙沙的,
算是我的丧歌,这一阵清风,
橄榄林里吹来的,带着石榴花香,
就带了我的灵魂走,还有那萤火,
多情的殷勤的萤火,有他们照路,
我到了那三环洞的桥上再停步,
听你在这儿抱着我半暖的身体,
悲声的叫我,亲我,摇我,咂我,……
我就微笑的再跟着清风走,

随他领着我,天堂,地狱,哪儿都成,

反正丢了这可厌的人生,实现这死
在爱里,这爱中心的死,不强如
五百次的投生?……自私,我知道,
可我也管不着……你伴着我死?
什么,不成双就不是完全的"爱死",
要飞升也得两对翅膀儿打伙,
进了天堂还不一样的得照顾,
我少不了你,你也不能没有我;
要是地狱,我单身去你更不放心,
你说地狱不定比这世界文明,
(虽则我不信,)像我这娇嫩的花朵,
难保不再遭风暴,不叫雨打,
那时候我喊你,你也听不分明,——
那不是求解脱反投进了泥坑,
倒叫冷眼的鬼串通了冷心的人,
笑我的命运,笑你懦怯的粗心?
这话也有理,那叫我怎么办呢?
活着难,太难,就死也不得自由,
我又不愿你为我牺牲你的前程……
唉!你说还是活着等,等那一天!

有那一天吗?——你在,就是我的信心;
可是天亮你就得走,你真的忍心
丢了我走?我又不能留你,这是命;
但这花,没阳光晒,没甘露浸,
不死也不免瓣尖儿焦萎,多可怜!
你不能忘我,爱,除了在你的心里,
我再没有命;是,我听你的话,我等,
等铁树儿开花我也得耐心等;
爱,你永远是我头顶的一颗明星:
要是不幸死了,我就变一个萤火,
在这园里,挨着草根,暗沉沉的飞,
黄昏飞到半夜,半夜飞到天明,
只愿天空不生云,我望得见天,
天上那颗不变的大星,那是你,
但愿你为我多放光明,隔着夜,
隔着天,通着恋爱的灵犀一点……

呻吟语

我亦愿意赞美这神奇的宇宙,
我亦愿意忘却了人间有忧愁,
　　像一只没挂累的梅花雀,
　　清朝上歌唱,黄昏时跳跃;——
假如她清风似的常在我的左右!

我亦想望我的诗句清水似的流,
我亦想望我的心池鱼似的悠悠;
　　但如今膏火是我的心,
　　再休问我闲暇的诗情?——
上帝!你一天不还她生命与自由!

偶　然

我是天空里的一片云，
偶尔投影在你的波心——
　　你不必讶异，
　　更无须欢喜——
在转瞬间消灭了踪影。

你我相逢在黑夜的海上，
你有你的，我有我的，方向；
　　你记得也好，
　　最好你忘掉，
在这交会时互放的光亮！

珊 瑚

你再不用想我说话,
　我的心早沉在海水底下;
　你再不用向我叫唤:
因为我——我再不能回答!

除非你——除非你也来在
　这珊瑚骨环绕的又一世界:
等海风定时的一刻清静,
　你我来交互你我的幽叹。

变与不变

树上的叶子说:"这来又变样儿了,
你看,有的是抽心烂,有的是卷边焦!"
"可不是,"答话的是我自己的心:
它也在冷酷的西风里褪色,凋零。

这时候连翘的明星爬上了树尖;
"看这儿,"它们仿佛说,"有没有改变?"
"看这儿,"无形中又发动了一个声音,
"还不是一样鲜明?"——插话的是我的魂灵!

丁当——清新

檐前的秋雨在说什么？
　　它说摔了她，忧郁什么？
我手拿起案上的镜框，
　　在地平上摔了一个丁当。

檐前的秋雨又在说什么？
　　"还有你心里那个留着做什么？"
蓦地里又听见一声清新——
　　这回摔破的是我自己的心！

我来扬子江边买一把莲蓬

我来扬子江边买一把莲蓬;
　手剥一层层莲衣,
　看江鸥在眼前飞,
　忍含着一眼悲泪——
我想着你,我想着你,啊小龙!

我尝一尝莲瓢,回味曾经的温存:——
　那阶前不卷的重帘,
　掩护着同心的欢恋:
　我又听着你的盟言,
"永远是你的,我的身体,我的灵魂。"

我尝一尝莲心,我的心比莲心苦;
　我长夜里怔忡,
　挣不开的噩梦,
　谁知我的苦痛?
你害了我,爱,这日子叫我如何过?

但我不能责你负,我不忍猜你变,
　　我心肠只是一片柔:
　　你是我的!我依旧
　　将你紧紧的抱搂——
除非是天翻——但谁能想象那一天?

客 中

今晚天上有半轮的下弦月；
　　我想携着她的手，
　　往明月多处走——
一样是清光，我说，圆满或残缺。

园里有一树开剩的玉兰花；
　　她有的是爱花癖，
　　我爱看她的怜惜——
一样是芬芳，她说，满花与残花。

浓荫里有一只过时的夜莺；
　　她受了秋凉，
　　不如从前浏亮——
快死了，她说，但我不悔我的痴情！

但这莺,这一树花,这半轮月——
　　我独自沉吟,
　　　对着我的身影——
她在哪里,啊,为什么伤悲,凋谢,残缺?

三月十二深夜大沽口外

今夜困守在大沽口外:
　　绝海里的俘虏,
　　对着忧愁申诉;
桅上的孤灯在风前摇摆:
　　天昏昏有层云裹,
　　那掣电是探海火!

你说不自由是这变乱的时光?
　　但变乱还有时罢休,
　　谁敢说人生有自由?
今天的希望变作明天的怅惘;
　　星光在天外冷眼瞅,
　　人生是浪花里的浮沤!

我此时在凄冷的甲板上徘徊,
　　听海涛迟迟的吐沫,
　　　心空如不波的湖水;
只一丝云影在这湖心里晃动——
　　不曾渗透的一个迷梦,
　　不忍渗透的一个迷梦!

半夜深巷琵琶

又被它从睡梦中惊醒,深夜里的琵琶!
　　是谁的悲思,
　　是谁的手指,
像一阵凄风,像一阵惨雨,像一阵落花,
　　在这夜深深时,
　　在这睡昏昏时,
挑动着紧促的弦索,乱弹着宫商角徵,
　　和着这深夜,荒街,
　　柳梢头有残月挂,
啊,半轮的残月,像是破碎的希望他,他
　　头戴一顶开花帽,
　　身上带着铁链条,
在光阴的道上疯了似的跳,疯了似的笑,
　　完了,他说,吹糊你的灯,
　　她在坟墓的那一边等,
等你去亲吻,等你去亲吻,等你去亲吻?

"起造一座墙"

你我千万不可亵渎那一个字,
别忘了在上帝跟前起的誓。
我不仅要你最柔软的柔情,
蕉衣似的永远裹着我的心;
我要你的爱有纯钢似的强,
在这流动的生里起造一座墙;
任凭秋风吹尽满园的黄叶,
任凭白蚁蛀烂千年的画壁;
就使有一天霹雳震翻了宇宙,——
也震不翻你我"爱墙"内的自由!

天神似的英雄

这石是一堆粗丑的顽石,
这百合是一丛明媚的秀色;
但当月光将花影描上石隙,
这粗丑的顽石也化生了媚迹。

我是一团臃肿的凡庸,
她的是人间无比的仙容;
但当恋爱将她偎入我的怀中,
就我也变成了天神似的英雄!

再不见雷峰

再不见雷峰，雷峰坍成了一座大荒冢，
　　顶上有不少交抱的青葱；
　　顶上有不少交抱的青葱，
再不见雷峰，雷峰坍成了一座大荒冢。

为什么感慨，对着这光阴应分的摧残？
　　世上多的是不应分的变态；
　　世上多的是不应分的变态，
发什么感慨，对着这光阴应分的摧残？

为什么感慨：这塔是镇压，这坟是掩埋，
　　镇压还不如掩埋来得痛快！
　　镇压还不如掩埋来得痛快，
发什么感慨：这塔是镇压，这坟是掩埋。

再没有雷峰,雷峰从此掩埋在人的记忆中,
　　像曾经的幻梦,曾经的爱宠;
　　像曾经的幻梦,曾经的爱宠,
再没有雷峰,雷峰从此掩埋在人的记忆中。

"这年头活着不易"

昨天我冒着大雨到烟霞岭下访桂;
　　南高峰在烟霞中不见,
　　在一家松茅铺的屋檐前
　　我停步,问一个村姑今年
翁家山的桂花有没有去年开的媚,

那村姑先对着我身上细细的端详;
　　活像只羽毛浸瘪了的鸟,
　　我心想,她定觉得蹊跷,
　　在这大雨天单身走远道,
倒来没来头的问桂花今年香不香。

"客人,你运气不好,来得太迟又太早;
　　这里就是有名的满家弄,
　　往年这时候到处香得凶,
　　这几天连绵的雨,外加风,
弄得这稀糟,今年的早桂就算完了。"

果然这桂子林也不能给我点子欢喜：

　　枝上只见焦萎的细蕊，

　　看着凄惨，唉，无妄的灾！

　　为什么这到处是憔悴?

这年头活着不易！这年头活着不易！

海　韵

一

"女郎，单身的女郎，
　你为什么留恋
　　这黄昏的海边？——
女郎，回家吧，女郎！"
"啊不；回家我不回，
　我爱这晚风吹："——
　　在沙滩上，在暮霭里，
有一个散发的女郎——
　　　　　徘徊，徘徊。

二

"女郎，散发的女郎，
　你为什么彷徨
　　在这冷清的海上？

女郎,回家吧,女郎!"
"啊不;你听我唱歌,
　大海,我唱,你来和:"——

　在星光下,在凉风里,
轻荡着少女的清音——
　　　　　高吟,低哦。

三

"女郎,胆大的女郎!
　那天边扯起了黑幕,
　这顷刻间有恶风波,——
女郎,回家吧,女郎!"
"啊不;你看我凌空舞,
　学一个海鸥没海波:"——
　在夜色里,在沙滩上,
急旋着一个苗条的身影——
　　　　　婆娑,婆娑。

四

"听呀,那大海的震怒,

女郎回家吧,女郎!

看呀,那猛兽似的海波,
　　女郎,回家吧,女郎!"
"啊不;海波他不来吞我,
　　我爱这大海的颠簸!"
　　在潮声里,在波光里,
啊,一个慌张的少女在海沫里,
　　　　蹉跎,蹉跎。

五

"女郎,在哪里,女郎?
　　在哪里,你嘹亮的歌声?
在哪里,你窈窕的身影?
　　在哪里,啊,勇敢的女郎?"
黑夜吞没了星辉,
　　这海边再没有光芒;
海潮吞没了沙滩,
　　沙滩上再不见女郎,——
　　　　再不见女郎!

苏 苏

苏苏是一个痴心的女子：
　　像一朵野蔷薇，她的丰姿；
　　像一朵野蔷薇，她的丰姿——
来一阵暴风雨，摧残了她的身世。

这荒草地里有她的墓碑
　　淹没在蔓草里，她的伤悲；
　　淹没在蔓草里，她的伤悲——
啊，这荒土里化生了血染的蔷薇！

那蔷薇是痴心女的灵魂，
　　在清早上受清露的滋润，
　　到黄昏时有晚风来温存，
更有那长夜的慰安，看星斗纵横。

你说这应分是她的平安?
　　但运命又叫无情的手来攀,
　　攀,攀尽了青条上的灿烂,——
可怜呵,苏苏她又遭一度的摧残!

猛虎集

《猛虎集》是由徐志摩自己编选的晚期作品,1931年出版。

我等候你

我等候你。
我望着户外的昏黄
如同望着将来,
我的心震盲了我的听。
你怎还不来?希望
在每一秒钟上允许开花。
我守候着你的步履,
你的笑语,你的脸,
你的柔软的发丝,
守候着你的一切;
希望在每一秒钟上
枯死——你在哪里?
我要你,要得我心里生痛,
我要你的火焰似的笑,
要你的灵活的腰身,
你的发上眼角的飞星;
我陷落在迷醉的氛围中,

像一座岛，

在蟒绿的海涛间，不自主的在浮沉……

喔，我迫切的想望

你的来临，想望

那一朵神奇的优昙

开上时间的顶尖！

你为什么不来，忍心的？

你明知道，我知道你知道，

你这不来于我是致命的一击，

打死我生命中午放的阳春，

教坚实如矿里的铁的黑暗，

压迫我的思想与呼吸；

打死可怜的希冀的嫩芽，

把我，囚犯似的，交付给

妒与愁苦，生的羞惭

与绝望的惨酷。

这也许是痴。竟许是痴。

我信我确然是痴；

但我不能转拨一支已然定向的舵，

万方的风息都不容许我犹豫——

我不能回头，运命驱策着我！

我也知道这多半是走向

毁灭的路；但

为了你，为了你

我什么也都甘愿；

这不仅我的热情，

我的仅有的理性亦如此说。

痴！想磔碎一个生命的纤微

为要感动一个女人的心！

想博得的，能博得的，至多是

她的一滴泪，

她的一阵心酸，

竟许一半声漠然的冷笑；

但我也甘愿，即使

我粉身的消息传到

她的心里如同传给

一块顽石，她把我看作

一只地穴里的鼠，一条虫，

我还是甘愿！

痴到了真，是无条件的，

上帝他也无法调回一个

痴定了的心如同一个将军

有时调回已上死线的士兵。

枉然，一切都是枉然，

你的不来是不容否认的实在，

虽则我心里烧着泼旺的火，

饥渴着你的一切,
你的发,你的笑,你的手脚;
任何的痴想与祈祷
不能缩短一小寸
你我间的距离!
户外的昏黄已然

凝聚成夜的乌黑,
树枝上挂着冰雪,
鸟雀们典去了它们的啁啾,
沉默是这一致穿孝的宇宙。
钟上的针不断的比着
玄妙的手势,像是指点,
像是同情,像是嘲讽,
每一次到点的打动,我听来是
我自己的心的
活埋的丧钟。

渺 小

我仰望群山的苍老,
　他们不说一句话。
阳光描出我的渺小,
　小草在我的脚下。

我一人停步在路隅,
　倾听空谷的松籁;
青天里有白云盘踞——
　转眼间忽又不在。

在不知名的道旁（印度）

什么无名的苦痛，悲悼的新鲜，
什么压迫，什么冤屈，什么烧烫
你体肤的伤，妇人，使你蒙着脸
在这昏夜，在这不知名的道旁，
任凭过往人停步，讶异的看你，
你只是不作声，黑绵绵的坐地？

还有蹲在你身旁悚动的一堆，
一双小黑眼闪荡着异样的光，
像暗云天偶露的星晞，她是谁？
疑惧在她脸上，可怜的小羔羊，
她怎知道人生的严重，夜的黑，
她怎能明白运命的无情，惨刻？

聚了,又散了,过往人们的讶异。
刹那的同情也许;但他们不能
为你停留,妇人,你与你的儿女;
伴着你的孤单,只昏夜的阴沉,
与黑暗里的萤光,飞来你身旁,
来照亮那小黑眼闪荡的星芒!

再别康桥

轻轻的我走了,
　　正如我轻轻的来;
我轻轻的招手,
　　作别西天的云彩。

那河畔的金柳,
　　是夕阳中的新娘;
波光里的艳影,
　　在我的心头荡漾。

软泥上的青荇,
　　油油的在水底招摇:
在康河的柔波里,
　　我甘心做一条水草!

那榆荫下的一潭,
　　不是清泉,是天上虹

揉碎在浮藻间，
　　沉淀着彩虹似的梦。

寻梦？撑一支长篙，
　　向青草更青处漫溯，
满载一船星辉，
　　在星辉斑斓里放歌。

但我不能放歌，
　　悄悄是别离的笙箫；
夏虫也为我沉默，
　　沉默是今晚的康桥！

悄悄的我走了，
　　正如我悄悄的来；
我挥一挥衣袖，
　　不带走一片云彩。

黄　鹂

一掠颜色飞上了树。
"看，一只黄鹂！"有人说。
翘着尾尖，它不作声，
艳异照亮了浓密——
像是春光，火焰，像是热情。

等候它唱，我们静着望，
怕惊了它。但它一展翅，
冲破浓密，化一朵彩云；
它飞了，不见了，没了——
像是春光，火焰，像是热情。

山　中

庭院是一片静，
　　听市谣围抱；
织成一片松影——
　　看当头月好！

不知今夜山中
　　是何等光景：
想也有月，有松，
　　有更深的静。

我想攀附月色，
　　化一阵清风，
吹醒群松春醉，
　　去山中浮动；

吹下一针新碧，
　　掉在你窗前；
轻柔如同叹息——
　　不惊你安眠！

生　活

阴沉,黑暗,毒蛇似的蜿蜒,
生活逼成了一条甬道:
一度陷入,你只可向前,
手扪索着冷壁的粘潮,

在妖魔的脏腑内挣扎,
头顶不见一线的天光,
这魂魄,在恐怖的压迫下,
除了消灭更有什么愿望?

残 春

昨天我瓶子里斜插着的桃花
是朵朵媚笑在美人的腮边挂;
今儿它们全低了头,全变了相:——
红的白的尸体倒悬在青条上。

窗外的风雨报告残春的运命,
丧钟似的音响在黑夜里叮咛:
"你那生命的瓶子里的鲜花也
变了样:艳丽的尸体,谁给收殓?"

残 破

一

深深的在深夜里坐着:
当窗有一团不圆的光亮,
　　风挟着灰土,在大街上
　　　小巷里奔跑:
我要在枯秃的笔尖上袅出
一种残破的残破的音调,
为要抒写我的残破的思潮。

二

深深的在深夜里坐着:
生尖角的夜凉在窗缝里
　　妒忌屋内残余的暖气,
　　　也不饶恕我的肢体:
但我要用我半干的墨水描成

一些残破的残破的花样,
因为残破,残破是我的思想。

三

深深的在深夜里坐着,
左右是一些丑怪的鬼影:
　　焦枯的落魄的树木
　　　　在冰沉沉的河沿叫喊,
　　　　比着绝望的姿势,
正如我要在残破的意识里
重兴起一个残破的天地。

四

深深的在深夜里坐着,
闭上眼回望到过去的云烟:
啊,她还是一枝冷艳的白莲,
　　斜靠着晓风,万种的玲珑;

但我不是阳光，也不是露水，
我有的只是些残破的呼吸，
　　如同封锁在壁橡间的群鼠，
追逐着，追求着黑暗与虚无！

"我不知道风是在哪一个方向吹"

我不知道风

是在哪一个方向吹——

我是在梦中,

在梦的轻波里依洄。

我不知道风

是在哪一个方向吹——

我是在梦中,

她的温存,我的迷醉。

我不知道风

是在哪一个方向吹——

我是在梦中,

甜美是梦里的光辉。

我不知道风

是在哪一个方向吹——

我是在梦中,
她的负心,我的伤悲。

我不知道风
是在哪一个方向吹——
我是在梦中,
在梦的悲哀里心碎!

我不知道风
是在哪一个方向吹——
我是在梦中,
黯淡是梦里的光辉。

云游集

《云游集》由他人为徐志摩选编，1932年出版。

云　游

那天你翩翩的在空际云游，
自在，轻盈，你本不想停留
在天的那方或地的那角，
你的愉快是无拦阻的逍遥。
你更不经意在卑微的地面
有一流涧水，虽则你的明艳
在过路时点染了他的空灵，
使他惊醒，将你的倩影抱紧。

他抱紧的只是绵密的忧愁，
因为美不能在风光中静止；
他要，你已飞渡万重的山头，
去更阔大的湖海投射影子！
他在为你消瘦，那一流涧水，
在无能的盼望，盼望你飞回！

火车擒住轨

火车擒住轨,在黑夜里奔:
过山,过水,过陈死人的坟;
过桥,听钢骨牛喘似的叫,
过荒野,过门户破烂的庙,
过池塘,群蛙在黑水里打鼓,
过噤口的村庄,不见一粒火;
过冰清的小站,上下没有客,
月台袒露着肚子,像是罪恶。

这时车的呻吟惊醒了天上
三两个星,躲在云缝里张望:
那是干什么的,他们在疑问,
大凉夜不歇着,直闹又是哼,
长虫似的一条,呼吸是火焰,
一死儿往暗里闯,不顾危险,
就凭那精窄的两道,算是轨,
驮着这份重,梦一般的累坠。

累坠！那些奇异的善良的人，
放平了心安睡，把他们不论
俊的丑的命全盘交给了它，
不论爬的是高山还是低洼，
不问深林里有怪鸟在诅咒，
天象的辉煌全对着毁灭走；

只图眼前过得，裂大嘴打呼，
明儿车一到，抢了皮包走路！
这态度也不错，愁没有个底；
你我在天空，那天也不休息，
睁大了眼，什么事都看分明，
但自己又何尝能支使运命？

说什么光明，智慧永恒的美，
彼此同是在一条线上受罪；
就差你我的寿数比他们强，
这玩艺反正是一片糊涂账。

在病中

我是在病中,这恹恹的倦卧,
看窗外云天,听木叶在风中……
是鸟语吗?院中有阳光暖和,
一地的衰草,墙上爬着藤萝,
有三五斑猩的,苍的,在颤动。
一半天也成泥……
　　　　　　　城外,啊西山!
太辜负了,今年,翠微的秋容!
那山中的明月,有弯,也有环:
黄昏时谁在听白杨的哀怨?
谁在寒风里赏归鸟的群喧?
有谁上山去漫步,静悄悄的,
去落叶林中捡三两瓣菩提?
有谁去佛殿上披拂着尘封,
在夜色里辨认金碧的神容?
这病中心情:一瞬瞬的回忆,
如同天空,在碧水潭中过路,

透映在水纹间斑驳的云翳;
又如阴影闪过虚白的墙隅,
瞥见时似有,转眼又复消散;

又如缕缕炊烟,才袅袅,又断……
又如暮天里不成字的寒雁,
飞远,更远,化入远山,化作烟!
又如在暑夜看飞星,一道光
碧银银的抹过,更不许端详。
又如兰蕊的清芬偶尔飘过,
谁能留住这没影踪的婀娜?
又如远寺的钟声,随风吹送,
在春宵,轻摇你半残的春梦!

难 忘

这日子——从天亮到昏黄,
虽则有时花般的阳光,
从郊外的麦田,
半空中的飞燕,
照亮到我劳倦的眼前,
给我刹那间的舒爽,
我还是不能忘——
不忘旧时的积累,
也不分是恼是愁是悔,
在心头,在思潮的起伏间,
像是迷雾,像是诅咒的凶险:
它们包围,它们缠绕,
它们狞露着牙,它们咬,
它们烈火般的煎熬,
它们伸拓着巨灵的掌,
把所有的忻快拦挡……

美 文

印度洋上的秋思

　　昨夜中秋。黄昏时西天挂下一大帘的云母屏，掩住了落日的光潮，将海天一体化成暗蓝色，寂静得如黑衣尼在圣座前默祷。过了一刻，即听得船梢布篷上窸窸窣窣啜泣起来，低压的云夹着迷蒙的雨色，将海线逼得像湖一般窄，沿边的黑影，也辨认不出是山是云，但涕泪的痕迹，却满布在空中水上。

　　又是一番秋意！那雨声在急骤之中，有零落萧疏的况味，连着阴沉的氤氲，只是在我灵魂的耳畔私语道："秋"！我原来无欢的心境，抵御不住那样温婉的浸润，也就开放了春夏间所积受的秋思，和此时外来的怨艾构合，产出一个弱的婴儿——"愁"。

　　天色早已沉黑，雨也已休止。但方才啜泣的云，还疏松地幕在天空，只露着些惨白的微光，预告明月已经装束齐整，专等开幕。同时船烟正在莽莽苍苍地吞吐，筑成一座蟒鳞的长桥，直联及西天尽处，和轮船泛出的一流翠波白沫，上下对照，留恋西来的踪迹。

　　北天云幕豁处，一颗鲜翠的明星，喜滋滋地先来问探消息，像新嫁媳的侍婢,也穿扮得遍体光艳。但新娘依然姗姗未出。

我小的时候,每于中秋夜,呆坐在楼窗外等看"月华"。若然天上有云雾缭绕,我就替"亮晶晶的月亮"担忧。若然见了鱼鳞似的云彩,我的小心就欣欣怡悦,默祷着月儿快些开花,因为我常听人说只要有"瓦楞"云,就有月华;但在月光放彩以前,我母亲早已逼我去上床,所以月华只是我脑筋里一个不曾实现的想象,直到如今。

现在天上砌满了瓦楞云彩,霎时间引起了我早年许多有趣的记忆——但我的纯洁的童心,如今哪里去了!

月光有一种神秘的引力。她能使海波咆哮,她能使悲绪生潮。月下的啁息可以结聚成山,月下的情泪可以培百亩的畹兰,千茎的紫琳耿。我疑悲哀是人类先天的遗传,否则,何以我们儿年不知悲感的时期,有时对着一泻的清辉,也往往凄心滴泪呢?

但我今夜却不曾流泪。不是无泪可滴,也不是文明教育将我最纯洁的本能锄净,却为是感觉了神圣的悲哀,将我理解的好奇心激动,想学契古特白登来解剖这神秘的"眸冷骨累"。冷的智永远是热的情的死仇。他们不能相容的。

但在这样浪漫的月夜,要来练习冷酷的分析,似乎不近人情!所以我的心机一转,重复将锋快的智刃剧起,让沉醉的情泪自然流转,听他产生什么音乐,让绻缱的诗魂漫自低回,看他寻出什么梦境。

明月正在云岩中间,周围有一圈黄色的彩晕,一阵阵的轻霭,在她面前扯过。海上几百道起伏的银沟,一齐在微叱凄其的音节,此外不受清辉的波域,在暗中坟坟涨落,不知是怨是慕。

我一面将自己一部分的情感,看入自然界的现象,一面拿着纸笔,痴望着月彩,想从她明洁的辉光里,看出今夜地面上秋思的痕迹,希冀她们在我心里,凝成高洁情绪的菁华。因为她光明的捷足,今夜遍走天涯,人间的恩怨,哪一件不经过她的慧眼呢?

印度的Ganges①(埂奇)河边有一座小村落,村外一个榕绒密绣的湖边,坐着一对情醉的男女,他们中间草地上放着一尊古铜香炉,烧着上品的水息,那温柔婉恋的烟篆,沉馥香浓的热气,便是他们爱感的象征。月光从云端里轻俯下来,在那女子胸前的珠串上,水息的烟尾上,印下一个慈吻,微哂,重复登上她的云艇,上前驶去。

一家别院的楼上,窗帘不曾放下,几枝肥满的桐叶正在玻璃上摇曳斗趣,月光窥见了窗内一张小蚊床上紫纱帐里,安眠着一个安琪儿似的小孩,她轻轻挨进身去,在他温软的眼睫上,嫩桃似的腮上,抚摩了一会。又将她银色的纤指,理齐了他脐圆的额发,蔼然微哂着,又回她的云海去了。

一个失望的诗人,坐在河边一块石头上,满面写着幽郁的

---

① Ganges,徐志摩音译为埂奇,即恒河。

神情，他爱人的倩影，在他胸中像河水似的流动，他又不能在失望的渣滓里榨出些微甘液，他张开两手，仰着头，让大慈大悲的月光，那时正在过路，洗沐他泪腺湿肿的眼眶，他似乎感觉到清心的安慰，立即摸出一支笔，在白衣襟上写道：

月光，
你是失望儿的乳娘！

面海一座柴屋的窗棂里，望得见屋里的内容：一张小桌上放着半块面包和几条冷肉，晚餐的剩余，窗前几上开着一本家用的《圣经》，炉架上两座点着的烛台，不住地在流泪，旁边坐着一个皱面驼腰的老妇人，两眼半闭不闭地落在伏在她膝上悲泣的一个少妇，她的长裙散在地板上像一只大花蝶。老妇人掉头向窗外望，只见远远海涛起伏，和慈祥的月光在拥抱密吻，她叹了声气向着斜照在《圣经》上的月彩嗫道：
"真绝望了！真绝望了！"
她独自在她精雅的书室里，把灯火一齐熄了，倚在窗口一架藤椅上，月光从东墙肩上斜泻下去，笼住她的全身，在花砖上幻出一个窈窕的倩影，她两根垂辫的发梢，她微澹的媚唇，和庭前几茎高峙的玉兰花，都在静谧的月色中微颤，她加紧她的呼吸，吐出一股幽香，不但邻近的花草，连月儿闻了，也禁不住迷醉，她腮边天然的妙涡，已有好几日不圆满：她瘦损了。但她在想什么呢？月光，你能否将我的梦魂带去，放在离她三五尺的玉兰花枝上。

威尔斯西境一座矿床附近,有三个工人,口衔着笨重的烟斗,在月光中间坐。他们所能想到的话都已讲完,但这异样的月彩,在他们对面的松林,左首的溪水上,平添了不可言语比说的妩媚,唯有他们工余倦极的眼珠不阔,彼此不约而同今晚较往常多抽了两斗的烟,但他们矿火熏黑,煤块擦黑的面容,表示他们心灵的薄弱,在享乐烟斗以外,虽然秋月溪声的戟刺,也不能有精美情绪之反感。等月影移西一些,他们默默地扑出了一斗灰,起身进屋,各自登床睡去。月光从屋背飘眼望进去,只见他们都已睡熟;他们即使有梦,也无非矿内矿外的景色!

月光渡过了爱尔兰海峡,爬上海尔佛林的高峰,正对着静默的红潭。潭水凝定得像一大块冰,铁青色。四围斜坦的小峰,全都满铺着蟹青和蛋白色的岩片碎石,一株矮树都没有。沿潭间有些丛草,那全体形势,正像一大青碗,现在满盛了清洁的月辉,静极了,草里不闻虫吟,水里不闻鱼跃;只有石缝里潜涧沥淅之声,断续地作响,仿佛一座大教堂里点着一星小火,益发对照出静穆宁寂的境界,月儿在铁色的潭面上,倦倚了半晌,重复拔起她的银舄,过山去了。

昨天船离了新加坡以后,方向从正东改为东北,所以前几天的船艄正对落日,此后"晚霞的工厂"渐渐移到我们船向的左手来了。

昨夜吃过晚饭上甲板的时候，船右一海银波，在犀利之中涵有幽秘的彩色，凄清的表情，引起了我的凝视。那放银光的圆球正挂在你头上，如其起靠着船头仰望。她今夜并不十分鲜艳：她精圆的芳容上似乎轻笼着一层藕灰色的薄纱；轻漾着一种悲喟的音调；轻染着几痕泪化的雾霭。她并不十分鲜艳，然而她素洁温柔的光线中，犹之少女浅蓝妙眼的斜瞟；犹之春阳融解在山巅白云反映的嫩色，含有不可解的迷力，媚态，世间凡具有感觉性的人，只要承沐着她的清辉，就发生也是不可理解的反应，引起隐复的内心境界的紧张，——像琴弦一样，——人生最微妙的情绪，戟震生命所蕴藏高洁名贵创现的冲动。有时在心理状态之前，或于同时，撼动躯体的组织，使感觉血液中突起冰流之冰流，嗅神经难禁之酸辛，内藏汹涌之跳动，泪腺之骤热与润湿。那就是秋月兴起的秋思——愁。

昨晚的月色就是秋思的泉源，岂止，直是悲哀幽骚悱怨沉郁的象征，是季候运转的伟剧中最神秘亦最自然的一幕，诗艺界最凄凉亦最微妙的一个消息。

今夜月明人尽望，不知秋思在谁家。

中国字形具有一种独一的妩媚，有几个字的结构，我看来纯是艺术家的匠心：这也是我们国粹之尤粹者之一。譬如"秋"字，已经是一个极美的字形；"愁"字更是文字史上有数的杰作，有石开湖晕，风扫松针的妙处，这一群点画的配置，简直经过柯罗①的画篆，米仡朗其罗②的雕圭，Chopin③的神感；像——用一个科学的比喻——原子的结构，将旋转宇宙的大力收缩成一个无形无踪的电核；这十三笔造成的象征，似乎是宇宙和人生悲惨的现象和经验，吁喟和涕泪，所凝成最纯粹精密的结晶，满充了催迷的秘力。你若然有高蒂闲④（Gautier）异超的知感性，定然可以梦到，愁字变形为秋霞黯绿色的通明宝玉，若用银槌轻击之，当吐银色的幽咽电蛇似腾入云天。

我并不是为寻秋意而看月，更不是为觅新愁而访秋月；蓄意沉浸于悲哀的生活，是丹德⑤所不许的。我盖见月而感秋色，因秋窗而拈新愁：人是一簇脆弱而富于反射性的神经！

我重复回到现实的景色，轻裹在云锦之中的秋月，像一个遍体蒙纱的女郎，她那团圆清朗的外貌像新娘，但同时她幂弦的颜色，那是藕灰，她踟蹰的行踪，掩泣的痕迹，又使人疑是送丧的丽姝。所以我曾说：

秋月啊！
我不盼望你团圆。

---

① 柯罗，法国画家。
② 通译米开朗琪罗，意大利文艺复兴时期的雕塑家、画家。
③ 肖邦，波兰作曲家，钢琴演奏家。
④ 通译戈蒂埃，法国诗人、小说家、批评家。
⑤ 通译但丁，意大利诗人。

这是秋月的特色，不论她是悬在落日残照边的新镰，与"黄昏晓"竞艳的眉钩，中宵斗没西陲的金碗，星云参差间的银床，以至一轮腴满的中秋，不论盈昃高下，总在原来澄爽明秋之中，遍洒着一种我只能称之为"悲哀的轻霭"，和"传愁的以太"。即使你原来无愁，见此也禁不得沾染那"灰色的音调"，渐渐兴感起来！

秋月呀！
谁禁得起银指尖儿
浪漫地搔爬呵！

不信但看那一海的轻涛，可不是禁不住她一指的抚摩，在那里低徊饮泣呢！就是那：

无聊的云烟，
秋月的美满，
熏暖了飘心冷眼，
也清冷地穿上了轻缟的衣裳，
来参与这
美满的婚姻和丧礼。

翡冷翠山居闲话

在这里出门散步去,上山或是下山,在一个晴好的五月的向晚,正像是去赴一个美的宴会,比如去一果子园,那边每株树上都是满挂着诗情最秀逸的果实,假如你单是站着看还不满意时,只要你一伸手就可以采取,可以恣尝鲜味,足够你性灵的迷醉。阳光正好暖和,决不过暖;风息是温驯的,而且往往因为他是从繁花的山林里吹度过来的。他带来一股幽远的淡香,连着一息滋润的水气,摩挲着你的颜面,轻绕着你的肩腰,就这单纯的呼吸已是无穷的愉快;空气总是明净的,近谷内不生烟,远山上不起霭,那美秀风景的全部正像画片似的展露在你的眼前,供你闲暇的鉴赏。

作客山中的妙处,尤在你永不须踌躇你的服色与体态;你不妨摇曳着一头的蓬草,不妨纵容你满腮的苔藓;你爱穿什么就穿什么,扮一个牧童,扮一个渔翁,装一个农夫,装一个走江湖的桀卜闪①,装一个猎户;你再不必提心整理你的领结,你

---

① 桀卜闪,通译吉卜赛人。

尽可以不用领结,给你的颈根与胸膛一半日的自由;你可以拿一条这边颜色的长巾包在你的头上,学一个太平军的头目,或是拜伦那埃及装的姿态;但最要紧的是穿上你最旧的旧鞋,别管他模样不佳,他们是顶可爱的好友,他们承着你的体重却不叫你记起你还有一双脚在你的底下。

这样的玩顶好是不要约伴,我竟想严格的取缔,只许你独身;因为有了伴多少总得叫你分心,尤其是年轻的女伴,那是最危险最专制不过的旅伴,你应得躲避她像你躲避青草里一条美丽的花蛇!平常我们从自己家里走到朋友的家里,或是我们执事的地方,那无非是在同一个大牢里从一间狱室移到另一间狱室去,拘束永远跟着我们,自由永远寻不到我们;但在这春夏间美秀的山中或乡间你要是有机会独身闲逛时,那才是你福星高照的时候,那才是你实际领受,亲口尝味,自由与自在的时候,那才是你肉体与灵魂行动一致的时候;朋友们,我们多长一岁年纪往往只是加重我们头上的枷,加紧我们脚胫上的链,我们见小孩子在草里在沙堆里在浅水里打滚作乐,或是看见小猫追它自己的尾巴,何尝没有羡慕的时候,但我们的枷,我们的链永远是制定我们行动的上司!所以只有你单身奔赴大自然的怀抱时,像一个裸体的小孩扑入他母亲的怀抱时,你才知道灵魂的愉快是怎样的,单是活着的快乐是怎样的,单就呼吸单就走道单就张眼看耸耳听的幸福是怎样的。因此你得严格的为己,极端的自私,只许你,体魄与性灵,与自然同在一个脉搏里跳动,同在一个音波里起伏,同在一个神奇的宇宙里自得。我们浑朴的天真是像含羞草似的娇柔,一经同伴的抵触,他就卷了起来,但在澄静的日光下,和风中,他的姿态是自然的,他的生活是无阻碍的。

你一个人漫游的时候,你就会在青草里坐地仰卧,甚至有时打滚,因为草的和暖的颜色自然地唤起你童稚的活泼;在静僻的道上你就会不自主的狂舞,看着你自己的身影幻出种种诡异的变相,因为道旁树木的阴影在他们纡徐的婆娑里暗示你舞蹈的快乐;你也会得信口地歌唱,偶尔记起断片的音调,与你自己随口的小曲,因为树林中的莺燕告诉你春光是应得赞美的;更不必说你的胸襟自然会跟着漫长的山径开拓,你的心地会看着澄蓝的天空静定,你的思想和着山壑间的水声,山罅里的泉响,有时一澄到底的清澈,有时激起成章的波动,流,流,流入凉爽的橄榄林中,流入妩媚的阿诺河①去⋯⋯

并且你不但不须应伴,每逢这样的游行,你也不必带书。书是理想的伴侣,但你应得带书,是在火车上,在你住处的客室里,不是在你独身漫步的时候。什么伟大的深沉的鼓舞的清明的优美的思想的根源不是可以在风籁中,云彩里,山势与地形的起伏里,花草的颜色与香息里寻得?自然是最伟大的一部书,葛德②说,在他每一页的字句里我们读得最深奥的消息。并且这书上的文字是人人懂得的:阿尔帕斯③与五老峰,雪西

---

① 阿诺河,流往佛罗伦萨的一条河流。
② 葛德,通译歌德。
③ 阿尔帕斯,通译阿尔卑斯。

里[①]与普陀山,来因河[②]与扬子江,梨梦湖[③]与西子湖,建兰与琼花,杭州西溪的芦雪与威尼市[④]夕照的红潮,百灵与夜莺,更不提一般黄的黄麦,一般紫的紫藤,一般青的青草同在大地上生长,同在和风中波动——他们应用的符号是永远一致的,他们的意义是永远明显的,只要你自己心灵上不长疮瘢,眼不盲,耳不塞,这无形迹的最高等教育便永远是你的名分,这不取费的最珍贵的补剂便永远供你的受用;只要你认识了这一部书,你在这世界上寂寞时便不寂寞,穷困时不穷困,苦恼时有安慰,挫折时有鼓励,软弱时有督责,迷失时有南针。

[①] 雪西里,通译西西里。
[②] 来因河,通译莱茵河。
[③] 梨梦湖,通译莱蒙湖。
[④] 威尼市,通译威尼斯。

我所知道的康桥

一

　　我这一生的周折，大都寻得出感情的线索。不论别的，单说求学。我到英国是为要从罗素。罗素来中国时，我已经在美国。他那不确的死耗传到的时候，我真的出眼泪不够，还做悼诗来了。他没有死，我自然高兴。我摆脱了哥伦比亚大博士衔的引诱，买船漂过大西洋，想跟这位20世纪的福禄泰尔①认真念一点书去。谁知一到英国才知道事情变样了：一为他在战时主张和平，二为他离婚，罗素叫康桥给除名了，他原来是Trinity College的fellow②，这来他的fellowship③也给取消了。他回英国后就在伦敦住下，夫妻两人卖文章过日子。因此我也不曾遂我从学的始愿。我在伦敦政治经济学院里混了半年，正感着闷想换路走的时候，我认识了狄更生先生——Goldsworthy Lowes

---

① 福禄泰尔，通译伏尔泰。
② Trinity College的fellow，剑桥大学三一学院的评议员。
③ fellowship，评议员资格。

Dickinson——是一个有名的作者,他的《一个中国人通信》(*Letters from John Chinaman*) 与《一个现代聚餐谈话》(*A Modern Symposium*) 两本小册子早得了我的景仰。我第一次会着他是在伦敦国际联盟协会席上,那天林宗孟先生演说,他做主席;第二次是宗孟寓里吃茶,有他。以后我常到他家里去。他看出我的烦闷,劝我到康桥去,他自己是王家学院 (King's College) 的fellow。我就写信去问两个学院,回信都说学额早满了,随后还是狄更生先生替我去在他的学院里说好了,给我一个特别生的资格,随意选科听讲。从此黑方巾、黑披袍的风光也被我占着了。初起我在离康桥六英里的乡下叫沙士顿的地方租了几间小屋住下,同居的有我从前的夫人张幼仪女士与郭虞裳君。每天一早我坐街车(有时自行车)上学,到晚回家。这样的生活过了一个春,但我在康桥还只是个陌生人谁都不认识,康桥的生活,可以说完全不曾尝着,我知道的只是一个图书馆,几个课室,和三两个吃便宜饭的茶食铺子。狄更生常在伦敦或是大陆上,所以也不常见他。那年的秋季我一个人回到康桥,整整有一学年,那时我才有机会接近真正的康桥生活,同时我也慢慢的"发见"了康桥。我不曾知道过更大的愉快。

二

"单独"是一个耐寻味的现象。我有时想它是任何发见的第一个条件。你要发见你的朋友的"真",你得有与他单独的机会。你要发见你自己的真，你得给你自己一个单独的机会。你要发见一个地方（地方一样有灵性），你也得有单独玩的机会。我们这一辈子，认真说，能认识几个人？能认识几个地方？我们都是太匆忙，太没有单独的机会。说实话，我连我的本乡都没有什么了解。康桥我要算是有相当交情的，再次许只有新认识的翡冷翠了。啊，那些清晨，那些黄昏，我一个人发痴似的在康桥！绝对的单独。

但一个人要写他最心爱的对象，不论是人是地，是多么使他为难的一个工作？你怕，你怕描坏了它，你怕说过分了恼了它，你怕说太谨慎了辜负了它。我现在想写康桥，也正是这样的心理，我不曾写，我就知道这回是写不好的——况且又是临时逼出来的事情。但我却不能不写，上期预告已经出去了。我想勉强分两节写：一是我所知道的康桥的天然景色；一是我所知道的康桥的学生生活。我今晚只能极简地写些，等以后有兴会时再补。

三

康桥的灵性全在一条河上；康河，我敢说是全世界最秀丽的一条水。河的名字是葛兰大（Granta），也有叫康河（RiverCam）的，许有上下流的区别，我不甚清楚。河身多的是曲折，上游是有名的拜伦潭——"Byron's Pool"——当年拜伦常在那里玩的；有一个老村子叫格兰骞斯德，有一个果子园，你可以躺在累累的桃李树荫下吃茶，花果会掉入你的茶杯，小雀子会到你桌上来啄食，那真是别有一番天地。这是上游；下游是从騫斯德顿下去，河面展开，那是春夏间竞舟的场所。上下河分界处有一个坝筑，水流急得很，在星光下听水声，听近村晚钟声，听河畔倦牛刍草声，是我康桥经验中最神秘的一种：大自然的优美、宁静，调谐在这星光与波光的默契中不期然地淹入了你的性灵。

但康河的精华是在它的中权，著名的"Backs"，这两岸是几个最蜚声的学院的建筑。从上面下来是Pembroke，St.Katharine's, King's, Clare, Trinity, St.John's。最令人流连的一节是克莱亚与王家学院的毗连处，克莱亚的秀丽紧邻着王家教堂（King's Chapel）的宏伟。别的地方尽有更美更庄严的建筑，例如巴黎赛因河的罗浮宫一带，威尼斯的利阿尔多大桥的两岸，翡冷翠维基乌大桥的周遭；但康桥的"Backs"自有它的特长，这不容易用一二个状词来概括，它那脱尽尘埃气的一种清澈秀逸的意境可说是超出了画图而化生了音乐的神味。再没有比这一群建筑更调谐更匀称的了！论画，可比的许只有柯罗（Corot）的田野；论音乐，可比的许只有肖班①（Chopin）的夜曲。就这，也不能给你依稀的印象，它给你的美感简直是神灵性的一种。

假如你站在王家学院桥边的那棵大　树荫下眺望，右侧

---

① 肖班，通译肖邦。

面,隔着一大方浅草坪,是我们的校友居(fellows building),那年代并不早,但它的妩媚也是不可掩的,它那苍白的石壁上春夏间满缀着艳色的蔷薇在和风中摇头,更移左是那教堂,森林似的尖阁不可浼的永远直指着天空;更左是克莱亚,啊!那不可信的玲珑的方庭,谁说这不是圣克莱亚(St.Clare)的化身,哪一块石上不闪耀着她当年圣洁的精神?在克莱亚后背隐约可辨的是康桥最潇贵最骄纵的三一学院(Trinity),它那临河的图书楼上坐镇着拜伦神采惊人的雕像。

但这时你的注意早已叫克莱亚的三环洞桥魔术似的摄住。你见过西湖白堤上的西泠断桥不是?(可怜它们早已叫代表近代丑恶精神的汽车公司给铲平了,现在它们跟着苍凉的雷峰永远辞别了人间。)你忘不了那桥上斑驳的苍苔,木栅的古色,与那桥拱下泄露的湖光与山色不是?克莱亚并没有那样体面的衬托,它也不比庐山栖贤寺旁的观音桥,上瞰五老的奇峰,下临深潭与飞瀑;它只是怯伶伶的一座三环洞的小桥,它那桥洞间也只掩映着细纹的波粼与婆娑的树影,它那桥上栉比的小穿兰与兰节顶上双双的白石球,也只是村姑子头上不夸张的香草与野花一类的装饰;但你凝神地看着,更凝神地看着,你再反省你的心境,看还有一丝屑的俗念沾滞不?只要你审美的本能不曾汨灭时,这是你的机会实现纯粹美感的神奇!

但你还得选你赏鉴的时辰。英国的天时与气候是走极端的。冬天是荒谬的坏,逢着连绵的雾盲天你一定不迟疑地甘愿进地狱本身去试试;春天(英国是几乎没有夏天的)是更荒谬的可爱,尤其是它那四五月间最渐缓最艳丽的黄昏,那才真是寸寸黄金。在康河边上过一个黄昏是一服灵魂的补剂。啊!我那时蜜甜的单独,那时蜜甜的闲暇。一晚又一晚的,只见我出神似的倚在桥阑上向西天凝望:——

> 看一回凝静的桥影,
> 数一数螺钿的波纹:
> 我倚暖了石阑的青苔,
> 青苔凉透了我的心坎;……

还有几句更笨重的怎能仿佛那游丝似轻妙的情景:

> 难忘七月的黄昏,远树凝寂,
> 像墨泼的山形,衬出轻柔暝色,
> 密稠稠,七分鹅黄,三分橘绿,
> 那妙意只可去秋梦边缘捕捉;……

四

这河身的两岸都是四季常青最葱翠的草坪。从校友居的楼上望去,对岸草场上,不论早晚,永远有十数匹黄牛与白马,胫蹄没在恣蔓的草丛中,从容地在咬嚼,星星的黄花在风中动荡,应和着它们尾鬃的扫拂。桥的两端有斜倚的垂柳与　荫护住。

水是澈底的清澄，深不足四尺，匀匀地长着长条的水草。这岸边的草坪又是我的爱宠，在清朝，在傍晚，我常去这天然的织锦上坐地，有时读书，有时看水；有时仰卧着看天空的行云，有时反扑着搂抱大地的温软。

但河上的风流还不止两岸的秀丽。你得买船去玩。船不止一种：有普通的双桨划船，有轻快的薄皮舟（canoe），有最别致的长形撑篙船（punt）。最末的一种是别处不常有的：约莫有二丈长，三尺宽，你站直在船艄上用长竿撑着走的。这撑是一种技术。我手脚太蠢，始终不曾学会。你初起手尝试时，容易把船身横住在河中，东颠西撞的狼狈。英国人是不轻易开口笑人的，但是小心他们不出声的皱眉！也不知有多少次河中本来悠闲的秩序叫我这莽撞的外行给捣乱了。我真的始终不曾学会；每回我不服输跑去租船再试的时候，有一个白胡子的船家往往带讥讽地对我说："先生，这撑船费劲，天热累人，还是拿个薄皮舟溜溜吧！"我哪里肯听话，长篙子一点就把船撑了开去，结果还是把河身一段段地腰斩了去。

你站在桥上去看人家撑，那多不费劲，多美！尤其在礼拜天有几个专家的女郎，穿一身缟素衣服，裙裾在风前悠悠地飘着，戴一顶宽边的薄纱帽，帽影在水草间颤动，你看她们出桥洞时的姿态，捻起一根竟像没有分量的长竿，只轻轻地，不经心地往波心里一点，身子微微地一蹲，这船身便波地转出了桥影，翠条鱼似的向前滑了去。她们那敏捷，那闲暇，那轻盈，真是值得歌咏的。

在初夏阳光渐暖时你去买一只小船,划去桥边荫下躺着念你的书或是做你的梦,槐花香在水面上飘浮,鱼群的喋喋声在你的耳边挑逗。或是在初秋的黄昏,近着新月的寒光,望上流僻静处远去。爱热闹的少年们携着他们的女友,在船沿上支着双双的东洋彩纸灯,带着话匣子,船心里用软垫铺着,也开向无人迹处去享他们的野福——谁不爱听那水底翻的音乐在静定的河上描写梦意与春光!

住惯城市的人不易知道季候的变迁。看见叶子掉知道是秋,看见叶子绿知道是春;天冷了装炉子,天热了拆炉子;脱下棉袍,换上夹袍,脱下夹袍,穿上单袍:不过如此罢了。天上星斗的消息,地下泥土里的消息,空中风吹的消息,都不关我们的事。忙着哪,这样那样事情多着,谁耐烦管星星的转移,花草的消长,风云的变幻?同时我们抱怨我们的生活、苦痛、烦闷、拘束、枯燥,谁肯承认做人是快乐?谁不多少间咒诅人生?

但不满意的生活大都是由于自取的。我是一个生命的信仰者,我信生活决不是我们大多数人仅仅从自身经验推得的那样暗惨。我们的病根是在"忘本"。人是自然的产儿,就比枝头的花与鸟是自然的产儿;但我们不幸是文明人,入世深似一天,离自然远似一天。离开了泥土的花草,离开了水的鱼,能快活吗?能生存吗?从大自然,我们取得我们的生命;从大自然,我们应分取得我们继续的资养。哪一株婆娑的大木没有盘错的根柢深入在无尽藏的地里?我们是永远不能独立的。有幸福是永远不离母亲抚育的孩子,有健康是永远接近自然的人们。不必一定与鹿豕游,不必一定回"洞府"去;为医治我们当前生活的枯窘,只要"不完全遗忘自然"一张轻淡的药方我们的病象就有缓和的希望。在青草里打几个滚,到海水里洗几次浴,到高处去看几次朝霞与晚照——你肩背上的负担就会轻松了去的。

这是极肤浅的道理,当然。但我要没有过过康桥的日子,我就不会有这样的自信。我这一辈子就只那一春,说也可怜,算是不曾虚度。就只那一春,我的生活是自然的,是真愉快的!(虽则碰巧那也是我最感受人生痛苦的时期)我那时有的是闲暇,有的是自由,有的是绝对单独的机会。说也奇怪,竟像是第一次,我辨认了星月的光明,草的青,花的香,流水的殷勤。我能忘记那初春的睥睨吗?曾经有多少个清晨我独自冒着冷去薄霜铺地的林子里闲步——为听鸟语,为盼朝阳,为寻泥土里渐次苏醒的花草,为体会最微细最神妙的春信。啊,那是新来的画眉在那边涠不尽的青枝上试它的新声!啊,这是第一朵小雪球花挣出了半冻的地面!啊,这不是新来的潮润沾上了寂寞的柳条?

静极了,这朝来水溶溶的大道,只远处牛奶车的铃声,点缀这周遭的沉默。顺着这大道走去,走到尽头,再转入林子里的小径,往烟雾浓密处走去,头顶是交枝的榆荫,透露着漠楞楞的曙色;再往前走去,走尽这林子,当前是平坦的原野,望见了村舍,初青的麦田,更远三两个馒形的小山掩住了一条通道。天边是雾茫茫的,尖尖的黑影是近村的教寺。听,那晓钟和缓的清音。这一带是此邦中部的平原,地形像是海里的轻波,默沉沉地起伏;山岭是望不见的,有的是常青的草原与沃腴的田壤。登那土阜上望去,康桥只是一带茂林,拥戴着几处娉婷的尖阁。妩媚的康河也望不见踪迹,你只能循着那锦带似的林木想象那一流清浅。村舍与树林是这地盘上的棋子,有村舍处有佳荫,有佳荫处有村舍。这早起是看炊烟的时辰:朝雾渐渐地升起,揭开了这灰苍苍的天幕(最好是微霰后的光景),远近的炊烟,成丝的、成缕的、成卷的、轻快的、迟重的、浓灰的、淡青的、惨白的,在静定的朝气里渐渐地上腾,渐渐的不见,仿佛是朝来人们的祈祷,参差地翳入了天听。朝阳是难得见的,这初春的天气。但它来时是起早人莫大的愉快。顷刻间这田野添深了颜色,一层轻纱似的金粉糁上了这草,这树,这通道,这庄舍。顷刻间这周遭弥漫了清晨富丽的温柔。顷刻间你的心怀也分润了白天诞生的光荣。"春"!这胜利的晴空仿佛在你的耳边私语。"春"!你那快活的灵魂也仿佛在那里回响。

　　伺候着河上的风光,这春来一天有一天的消息。关心石上的苔痕,关心败草里的花鲜,关心这水流的缓急,关心水草的滋长,关心天上的云霞,关心新来的鸟语。怯伶伶的小雪球是探春信的小使。铃兰与香草是欢喜的初声。窈窕的莲馨,玲珑的石水仙,爱热闹的克罗克斯,耐辛苦的蒲公英与雏菊——这时候春光已是烂漫在人间,更不须殷勤问讯。

瑰丽的春放。这是你野游的时期。可爱的路政,这里不比中国,哪一处不是坦荡荡的大道?徒步是一个愉快,但骑自转车是一个更大的愉快,在康桥骑车是普遍的技术;妇人、稚子、老翁,一致享受这双轮舞的快乐。(在康桥听说自转车是不怕人偷的,就为人人都自己有车,没人要偷)任你选一个方向,任你上一条通道,顺着这带草味的和风,放轮远去,保管你这半天的逍遥是你性灵的补剂。这道上有的是清荫与美草,随地都可以供你休憩。你如爱花,这里多的是锦绣似的草原。你如爱鸟,这里多的是巧啭的鸣禽。你如爱儿童,这乡间到处是可亲的稚子。你如爱人情,这里多的是不嫌远客的乡人,你到处可以"挂单"借宿,有酪浆与嫩薯供你饱餐,有夺目的果鲜恣你尝新。你如爱酒,这乡间每"望"都为你储有上好的新酿,黑啤如太浓,苹果酒、姜酒都是供你解渴润肺的。……带一卷书,走十里路,选一块清静地,看天,听鸟,读书,倦了时,和身在草绵绵处寻梦去——你能想象更适情更适性的消遣吗?

陆放翁有一联诗句:"传呼快马迎新月,却上轻舆趁晚凉",这是做地方官的风流。我在康桥时虽没马骑,没轿子坐,却也有我的风流:我常常在夕阳西晒时骑了车迎着天边扁大的日头直追。日头是追不到的,我没有夸父的荒诞,但晚景的温存却被我这样偷尝了不少。有三两幅画图似的经验至今还是栩栩地留着。只说看夕阳,我们平常只知道登山或是临海,但实际只须辽阔的天际,平地上的晚霞有时也是一样的神奇。

有一次我赶到一个地方，手把着一家村庄的篱笆，隔着一大田的麦浪，看西天的变幻。有一次是正冲着一条宽广的大道，过来一大群羊，放草归来的，偌大的太阳在它们后背放射着万缕的金辉，天上却是乌青青的，只剩这不可逼视的威光中的一条大路，一群生物，我心头顿时感着神异性的压迫，我真的跪下了，对着这冉冉渐翳的金光。再有一次是更不可忘的奇景，那是临着一大片望不到头的草原，满开着艳红的罂粟，在青草里亭亭像是万盏的金灯，阳光从褐色云斜着过来，幻成一种异样紫色，透明似的不可逼视，刹那间在我迷眩了的视觉中，这草田变成了……不说也罢，说来你们也是不信的！

　　一别二年多了，康桥，谁知我这思乡的隐忧？也不想别的，我只要那晚钟撼动的黄昏，没遮拦的田野，独自斜倚在软草里，看第一个大星在天边出现！

北戴河海滨的幻想

他们都到海边去了。我为左眼发炎不曾去。我独坐在前廊,偎坐在一张安适的大椅内,袒着胸怀,赤着脚,一头的散发,不时有风来撩拂,清晨的晴爽,不曾消醒我初起时睡态;但梦思却半被晓风吹断。我阖紧眼帘内视,只见一斑斑消残的颜色,一似晚霞的余赭,留恋地胶附在天边,廊前的马樱,紫荆,藤萝,青翠的叶与鲜红的花,都将它们的妙影映印在水汀上,幻出幽媚的情态无数;我的臂上与胸前,亦满缀了绿荫的斜纹。从树荫的间隙平望,正见海湾:海波亦似被晨曦唤醒,黄蓝相间的波光,在欣然舞蹈。滩边不时见白涛涌起,迸射着雪样的水花。浴泉内点点的小舟与浴客,水禽似的浮着;幼童的欢叫,与水波拍岸声,与潜涛呜咽声,相间的起伏,竟报一滩的生趣与乐意。但我独坐的廊前,却只是静静的,静静的无甚声响。妩媚的马樱,只是幽幽微辗着,蝇虫也敛翅不飞,只有远近树里的秋蝉在纺纱似的缒引它们不尽的长吟。

在这不尽的长吟中,我独坐在冥想。难得是寂寞的环境,难得是静定的意境,寂寞中有不可言传的和谐,静默中有无限的创造。我的心灵，比如海滨，生命初度的怒潮，已经渐次地消翳，只剩有疏松的海沙中偶尔的回响，更有残缺的贝壳，反映星月的辉芒。此时摸索潮余的斑痕，追想当时汹涌的情景，是梦或是真，再亦不须辨问，只此眉梢的轻皱，唇边的微哂，已足解释无穷奥绪，深深地蕴伏在灵魂的微纤之中。

青年永远趋向反叛，爱好冒险，永远如初度航海者，幻想黄金机缘于浩淼的烟波之外；想割断系岸的缆绳，扯起风帆，欣欣地投入无垠的怀抱。他厌恶的是平安，自喜的是放纵于豪迈。无颜色的生涯，是他目中的荆棘，绝海与凶巇，是他爱取自由的途径。他爱折玫瑰：为她的色香，亦为她冷酷的刺毒。他爱搏狂澜：为它的庄严与伟大，亦为它吞噬一切的天才，最是激发他探险与好奇的动机。他崇拜冲动：不可测，不可节，不可预逆，起，动，消歇皆在无形中，狂飙似的倏忽与猛烈与神秘。他崇拜斗争：从斗争中求剧烈的生命之意义，从斗争中求绝好的实在，在血染的战阵中，呼 胜利之狂欢或歌败丧的哀曲。

幻象消灭是人生里命定的悲剧；青年的幻灭，更是悲剧中的悲剧，夜一般的沉黑，死一般的凶恶。纯粹的，猖狂的热情之火，不同阿拉亭的神灯。只能放射一时的异彩，不能永久地朗照；转瞬间，或许，便已敛息了最后的焰舌，只留存有限的余烬与残灰，在未灭的余温里自伤与自慰。

流水之光，星之光，露珠之光，电之光，在青年的妙目中闪耀。我们不能不惊讶造化者艺术之神奇；然可怖的黑影，倦与衰与饱餍的黑影,同时亦紧紧地跟着时日进行,仿佛是烦恼,痛苦,失败,或庸俗的尾曳,亦在转瞬间,彗星似的扫灭了我们最自傲的神辉——流水涸,明星没,露珠散灭,电闪不再!

在这艳丽的日辉中,只见愉悦欢舞与生趣,希望,闪烁的希望,在荡漾,在无穷的碧空中,在绿叶的光泽里,在虫鸟的歌吟中,在青草的摇曳中——夏之荣华,春之成功。春光与希望,是长驻的;自然与人生是调谐的。

在远处有福的山谷内,莲馨花在坡前微笑,稚羊在乱石间跳跃,牧童们,有的吹着芦笛,有的平卧在草地上,仰看变幻的浮游的白云,放射下的青影在初黄的稻田中缥缈地移过。在远处安乐的村中,有妙龄的村姑,在流涧边映照她自制的春裙;口衔烟斗的农夫三四,在预度秋收的丰盈,老妇人们坐在家门外阳光中取暖,她们的周围有不少的儿童,手擎着黄白的钱花在环舞与欢呼。

在远——远处的人间,有无限的平安与快乐,无限的春光……

在此暂时可以忘却无数的落蕊与残红;亦可以忘却花荫中掉下的枯叶,私语地预告三秋的情意;亦可以忘却苦恼的僵瘪的人间,阳光与雨露的殷勤,不能再恢复他们腮颊上生命的微笑,亦可以忘却纷争的互杀的人间,阳光与雨露的仁慈,不能感化他们凶恶的兽性,亦可以忘却庸俗的卑琐的人间,行云与朝露的丰姿,不能引逗他们刹那间的凝视;亦可以忘却自觉的失望的人间,绚烂的春时与媚草,只能反激他们悲欢的意绪。

我亦可以暂时忘却我自身的种种；忘却我童年期清风白水似的天真；忘却我少年期种种虚荣的希冀；忘却我前次的觉悟；忘却我热烈的理想的寻求；忘却我心灵中乐观与悲观的斗争；忘却我攀登文艺高峰的艰辛；忘却刹那的启示与彻悟之神奇；忘却我生命潮流之骤转；忘却我陷落在危险的漩涡中之幸与不幸；忘却我追忆不完全的梦境，忘却我大海底里埋着的秘密；忘却曾经剖割我灵魂的利刃，炮烙我灵魂的烈焰，摧毁我灵魂的狂飙暴雨；忘却我的深刻的怨与艾；忘却我的冀与愿；忘却我的恩泽与惠感；忘却我的过去与现在……

过去的实在，渐渐地膨胀，渐渐地模糊，渐渐地不可辨认，现在的实在，渐渐地收缩，逼成了意识的一线，细极狭极的一线，又裂了无数不相联续的黑点……黑点亦渐渐的隐翳。幻术似的灭了，灭了，一个可怕的黑暗的空虚……

泰山日出

振铎来信要我在《小说月报》的泰戈尔号上说几句话。我也曾答应了，但这一时游济南游泰山游孔陵，太乐了，一时竟拉不拢心思来做整篇的文字，一直挨到现在期限快到，只得勉强坐下来，把我想得到的话不整齐地写出。

我们在泰山顶上看出太阳。在航过海的人，看太阳从地平线下爬上来，本不是奇事；而且我个人是曾饱饫过江海与印度洋无比的日彩的。但在高山顶上看日出，尤其在泰山顶上，我们无餍的好奇心，当然盼望一种特异的境界，与平原或海上不同的。果然，我们初起时，天还暗沉沉的，西方是一片的铁青，东方些微有些白意，宇宙只是——如用旧词形容——一体莽莽苍苍的。但这是我一面感觉劲烈的晓寒，一面睡眼不曾十分醒豁时约略的印象。等到留心回览时，我不由得大声地狂叫——因为眼前只是一个见所未见的境界。原来昨夜整夜暴风的工程，却砌成一座普遍的云海。除了日观峰与我们所在的玉皇顶以外，东西南北只是平铺着弥漫的云气，在朝旭未露前，宛似无量数厚氄长绒的绵羊，交颈接背地眠着，卷耳与弯角都依稀辨认得出。那时候在这茫茫的云海中，我独自站在雾霭溟蒙的小岛上，发生了奇异的幻想——

我躯体无限地长大，脚下的山峦比例我的身量，只是一块拳石；这巨人披着散发，长发在风里像一面墨色的大旗，飒飒地在飘荡。这巨人竖立在大地的顶尖上，仰面向着东方，平拓着一双长臂，在盼望，在迎接，在催促，在默默地叫唤，在崇拜，在祈祷，在流泪——在流久慕未见而将见悲喜交互的热泪……

这泪不是空流的，这默祷不是不生显应的。

巨人的手，指向着东方——

东方有的，在展露的，是什么？

东方有的是瑰丽荣华的色彩，东方有的是伟大普照的光明——出现了，到了，在这里了……

玫瑰汁、葡萄浆、紫荆液、玛瑙精、霜枫叶——大量的染工，在层累的云底工作；无数蜿蜒的鱼龙，爬进了苍白色的云堆。

一方的异彩，揭去了满天的睡意，唤醒了四隅的明霞——光明的神驹，在热奋地驰骋……

云海也活了；眠熟了兽形的涛澜，又回复了伟大的呼啸，昂头摇尾地向着我们朝露染青馒形的小岛冲洗，激起了四岸的水沫浪花，震荡着这生命的浮礁，似在报告光明与欢欣之临莅……

再看东方——海句力士①已经扫荡了他的阻碍，雀屏似的金霞，从无垠的肩上产生，展开在大地的边沿。起……起……用力，用力。纯焰的圆颅，一探再探地跃出了地平，翻登了云背，临照在天空……

　　歌唱呀，赞美呀，这是东方之复活，这是光明的胜利……

　　散发祷祝的巨人，他的身彩横亘在无边的云海上，已经渐渐的消翳在普遍的欢欣里；现在他雄浑的颂美的歌声，也已在霞彩变幻中，普彻了四方八隅……

　　听呀，这普彻的欢声；看呀，这普照的光明！

　　这是我此时回忆泰山日出时的幻想，亦是我想望泰戈尔来华的颂词。

---

① 海句力士，Hercules音译，宙斯的儿子，希腊神话中的大力神。

天目山中笔记

佛于大众中　说我尝作佛　闻如是法音　疑悔悉已除
初闻佛所说　心中大惊疑　将非魔作佛　恼乱我心耶

——莲华经譬喻品

　　山中不定是清静。庙宇在参天的大木中间藏着，早晚间有的是风，松有松声，竹有竹韵，鸣的禽，叫的虫子，阁上的大钟，殿上的木鱼，庙身的左边右边都安着接泉水的粗毛竹管，这就是天然的笙箫，时缓时急地参和着天空地上种种的鸣籁。静是不静的；但山中的声响，不论是泥土里的蚯蚓叫或是轿夫们深夜里"唱宝"的异调，自有一种各别处：它来得纯粹，来得清亮，来得透彻，冰水似的沁入你的脾肺；正如你在泉水里洗濯过后觉得清白些，这些山籁，虽则一样是音响，也分明有洗净的功能。

　　夜间这些清籁摇着你入梦，清早上你也从这些清籁的怀抱中苏醒。

　　山居是福，山上有楼住更是修得来的。我们的楼窗开处是一片蓊葱的林海；林海外更有云海！日的光，月的光，星的光；全是你的。从这三尺方的窗户你接受自然的变幻；从这三尺方的窗户你散放你情感的变幻。自在，满足。

今早梦回时睁眼见满帐的霞光。鸟雀们在赞美：我也加入一份。它们的是清越的歌唱，我的是潜深一度的沉默。

钟楼中飞下一声洪钟，空山在音波的磅礴中震荡。这一声钟激起了我的思潮。不，潮字太夸张；说思流罢。耶教人说阿门，印度教人说"欧姆"（O—m），与这钟声的嗡嗡，同是从撮口外摄到阖口内包的一个无限的波动：分明是外扩，却又是内潜；一切在它的周缘，却又在它的中心；同时是皮又是核，是轴亦复是廓。这伟大奥妙的"Om"，使人感到动，又感到静；从静中见动，又从动中见静；从安住到飞翔，又从飞翔回复安住；从实在境界超入妙空，又从妙空化生实在：——

"闻佛柔软音，深远甚微妙。"

多奇异的力量！多奥妙的启示！包容一切冲突性的现象，扩大刹那间的视域，这单纯的音响，于我是一种智灵的洗净。花开，花落，天外的流星与田畔间的飞萤，上缩云天的青松，下临绝海的巉岩，男女的爱，珠宝的光，火山的溶液：一婴儿在它的摇篮中安眠。

这山上的钟声是昼夜不间歇的，平均五分钟时一次，打钟的和尚独自在钟楼上住着，据说他已经不间歇地打了十一年钟，他的愿心是打到他不能动弹的那天。钟楼上供着菩萨，打钟人在大钟的一边安着他的"座",他每晚是坐着安神的,一只手挽着钟棰的一头,从长期的习惯,不叫睡眠耽误他的职司。"这和尚",我自忖,"一定是有道理的!和尚是没道理的多:方才那知客僧想把七窍蒙充六根,怎么算总多了一个鼻孔或是耳孔;那方丈师的谈吐里不少某督军与某省长的点缀;那管半山亭的和尚更是贪嗔的化身,无端摔破了两个无辜的茶碗。但这打钟和尚,他一定不是庸流不能不去看看!"他的年岁在五十开外,出家有二十几年,这钟楼,不错,是他管的,这钟是他打的(说着他就过去撞了一下),他每晚,也不错,是坐着安神的,但此外,可怜,我的俗眼竟看不出什么异样。他拂拭着神龛,神坐,拜垫,换上香烛,掇一盂水,洗一把青菜,捻一把米,擦干了手接受香客的布施,又转身去撞一声钟。他脸上看不出修行的清癯,却没有失眠的倦态,倒是满满的不时有笑容的展露;念什么经;不,就念阿弥陀佛,他竟许是不认识字的。"那一带是什么山,叫什么,和尚?""这里是天目山。"他说。"我知道,我说的是那一带的。"我手点着问。"我不知道。"他回答。

山上另有一个和尚,他住在更上去昭明太子读书台的旧址,盖着几间屋,供着佛像,也归庙管的,叫作茅棚。但这不比得普渡山上的真茅棚,那看了怕人的,坐着或是偎着修行的和尚没一个不是鹄形鸠面,鬼似的东西。他们不开口的多,你爱布施什么放在他跟前的篓子或是盘子里,他们怎么也不睁眼,不出声,随你给的是金条或是铁条。人说得更奇了。有的半年没有吃过东西,不曾挪过窝,可还是没有死,就这冥冥地坐着。他们大约离成佛不远了,单看他们的脸色,就比石片泥土不差什么,一样这黑刺刺,死僵僵的。"内中有几个,"香客们说,"已经成了活佛,我们的祖母早三十年来就看见他们这样坐着的!"

但天目山的茅棚以及茅棚里的和尚,却没有那样的浪漫出奇。茅棚是尽够蔽风雨的屋子,修道的也是活鲜鲜的人。虽则他并不因此减却他给我们的趣味。他是一个高身材,黑面目,行动迟缓的中年人;他出家将近十年,三年前坐过禅关,现在这山上茅棚里来修行;他在俗家时是个商人,家中有父母兄弟姊妹,也许还有自身的妻子;他不曾明说他中年出家的缘由,他只说"俗业太重了,还是出家从佛的好",但从他沉着的语音与持重的神态中可以觉出他不仅是曾经在人事上受过磨折,并且是在思想上能分清黑白的人。他的口,他的眼,都泄漏着他内里强自抑制,魔与佛交斗的痕迹:说他是放过火杀过人的忏悔者,可信;说他是个回头的浪子,也可信。他不比那钟楼上的人不着颜色,不露曲折:他分明是色的世界里逃来的一个囚犯。三年的禅关,三年的草棚,还不曾压倒,不曾灭净他肉身的烈火。"俗业太重了,不如出家从佛的好",这话里岂不颤栗着一往忏悔的深心?我觉着好奇,我怎么能得知他深夜趺坐时意念的究竟?

> 佛于大众中　说我尝作佛　闻如是法音　疑悔悉已除
> 初闻佛所说　心中大惊疑　将非魔所说　恼乱我心耶

但这也许看太奥了。我们承受西洋人生观洗礼的，容易把做人看得太积极，入世的要求太猛烈，太不肯退让，把住这热乎乎的一个身子一个心放进生活的轧床去，不叫他留存半点汁水回去；非到山穷水尽的时候，决不肯认输，退后，收下旗帜；并且即使承认了绝望的表示，他往往直接向生存的本体取决，不来半不阑珊地收回了步子向后退：宁可自杀，干脆的生命的断绝，不来出家，那是生命的否认。不错，西洋人也有出家做和尚做尼姑的，例如亚佩腊与爱洛绮丝，但在他们是情感方面的转变，原来对人的爱移作对上帝的爱，这知感的自体与它的活动依旧不含糊地在着；在东方人，这出家是求情感的消灭，皈依佛法或道法，目的在自我一切痕迹的解脱。再说，这出家或出世的观念的老家，是印度不是中国，是跟着佛教来的；印度何以会发生这类思想，学者们自有种种哲理上乃至物理上的解释，也尽有趣味的。中国何以能容留这类思想，并且在实际上出家做尼僧的今天不比以前少（我新近一个朋友差一点做了小和尚）！这问题正值得研究，因为这分明不仅仅是个知识乃至意识的浅深问题，也许这情形尽有极有趣味的解释的可能，我见闻浅，不知道我们的学者怎样想法，我愿意领教。

自　剖

　　我是个好动的人：每回我身体行动的时候，我的思想也仿佛就跟着跳荡。我做的诗，不论它们是怎样的"无聊"，有不少是在行旅期中想起的。我爱动，爱看动的事物，爱活泼的人，爱水，爱空中的飞鸟，爱车窗外掣过的田野山水。星光的闪动，草叶上露珠的颤动，花须在微风中的摇动，雷雨时云空的变动，大海中波涛的汹涌，都是在触动我感兴的情景。是动，不论是什么性质，就是我的兴趣，我的灵感。是动就会催快我的呼吸，加添我的生命。

　　近来却大大地变样了。第一我自身的肢体，已不如原先灵活；我的心也同样地感受了不知是年岁还是什么的拘挛。动的现象再不能给我欢喜，给我启示。先前我看着在阳光中闪烁的金波，就仿佛看见了神仙宫阙——什么荒诞美丽的幻觉，不在我的脑中一闪闪地掠过；现在不同了，阳光只是阳光，流波只是流波，任凭景色怎样的灿烂，再也照不化我的呆木的心灵。我的思想，如其偶尔有，也只似岩石上的藤萝，贴着枯干的粗糙的石面，极困难地蜒着；颜色是苍黑的，姿态是倔强的。

我自己也不懂得何以这变迁来得这样的兀突，这样的深彻。原先我在人前自觉竟是一注的流泉，在在有飞沫，在在有闪光；现在这泉眼，如其还在，仿佛是叫一块石板不留余隙地给镇住了。我再没有先前那样蓬勃的情趣，每回我想说话的时候，就觉着那石块的重压，怎么也掀不动，怎么也推不开，结果只能自安沉默！"你再不用想什么了，你再没有什么可想的了"；"你再不用开口了，你再没有什么话可说的了"，我常觉得我沉闷的心府里有这样半嘲讽半吊唁的谆嘱。

说来我思想上或经验上也并不曾经受什么过分剧烈的戟刺。我处境是向来顺的，现在，如其有不同，只是更顺了的。那么为什么这变迁？远的不说，就比如我年前到欧洲去时的心境：啊！我那时还不是一只初长毛角的野鹿？什么颜色不激动我的视觉，什么香味不奋兴我的嗅觉？我记得我在意大利写游记的时候，情绪是何等的活泼，兴趣何等的醇厚，一路来眼见耳听心感的种种，哪一样不活栩栩地丛集在我的笔端，争求充分的表现！如今呢？我这次到南方去，来回也有一个多月的光景，这期内眼见耳听心感的事物也该有不少。我未动身前，又何尝不自喜此去又可以有机会饱餐西湖的风色，邓尉的梅香——单提一两件最合我脾胃的事。有好多朋友也会期望我在这闲暇的假期中采集一点江南风趣，归来时，至少也该带回一两篇爽口的诗文，给在北京泥土的空气中活命的朋友们一些清醒的消遣。但在事实上不但在南中时我白瞪着大眼，看天亮换天昏，又闭上了眼，拼天昏换天亮，一枝秃笔跟着我涉海去，又跟着我涉海回来，正如岩洞里的一根石笋，压根儿就没一点摇动的消息；就在我回京后这十来天，任凭朋友们怎么地催促，自己良心怎样地责备，我的笔尖上还是滴不出一点墨沈来。我也曾勉强想想，勉强想写，但到底还是白费！可怕是这心灵骤然的呆顿。完全死了不成？我自己在疑惑。

说来是时局也许有关系。我到京几天就逢着空前的血案。五卅事件发生时我正在意大利山中，采茉莉花编花篮儿玩，翡冷翠山中只见明星与流萤的交唤，花香与山色的温存，俗氛是吹不到的。直到七月间到了伦敦，我才理会国内风光的惨淡，等得我赶回来时，设想中的激昂，又早变成了明日黄花，看得见的痕迹只有满城黄墙上墨彩斑斓的"泣告"！

这回却不同。屠杀的事实不仅是在我住的城子里发见，我有时竟觉得是我自己的灵府里的一个惨相。杀死的不仅是青年们的生命，我自己的思想也仿佛遭着了致命的打击，比是国务院前的断　残肢，再也不能回复生动与连贯。但这深刻的难受在我是无名的，是不能完全解释的。这回事变的奇惨性引起愤慨与悲切是一件事，但同时我们也知道在这根本起变态作用的社会里，什么怪诞的情形都是可能的。屠杀无辜，还不是年来最平常的现象。自从内战纠结以来，在受战祸的区域内，哪一处村落不曾分到过遭奸污的女性，屠残的骨肉，供牺牲的生命财产？这无非是给冤氛团结的地面上多添一团更集中鲜艳的怨毒。再说哪一个民族的解放史能不浓浓地染着Martyrs①的腔血？俄国革命的开幕就是二十年前冬宫的血景。只要我们有识力认定，有胆量实行我们理想中的革命，这回羔羊的血就不会是白涂的。所以我个人的沉闷决不完全是这回惨案引起的感情作用。

爱和平是我的生性。在怨毒，猜忌，残杀的空气中，我的神经每每感受一种不可名状的压迫。记得前年奉直战争时我过的那日子简直是一团黑漆，每晚更深时，独自抱着脑壳伏在书桌上受罪，仿佛整个时代的沉闷盖在我的头顶——直到写下了《毒药》那几首不成形的咒诅诗以后，我心头的紧张才渐渐地缓和下去。这回又有同样的情形；只觉着烦，只觉着闷，感想来时只是破碎，笔头只是笨滞。结果身体也不舒畅，像是蜡油涂抹住了全身毛窍似的难过，一天过去了又是一天，我这里又在重演更深独坐籀紧脑壳的姿势，窗外皎洁的月光，分明是在嘲讽我内心的枯窘！

不，我还得往更深处按。我不能叫这时局来替我思想骤然的呆顿负责，我得往我自己生活的底里找去。

平常有几种原因可以影响我们的心灵活动。实际生活的牵掣可以劫去我们心灵所需要的闲暇，积成一种压迫。在某种热烈的想望不曾得满足时，我们感觉精神上的烦闷与焦躁，失望更是颠覆内心平衡的一个大原因；较剧烈的种类可以麻痹我们的灵智，

---

① Martyrs，殉难者们。

淹没我们的理性。但这些都合不上我的病源；因为我在实际生活里已经得到十分的幸运，我的潜在意识里，我敢说不该有什么压着的欲望在作怪。

但是在实际上反过来看，另有一种情形可以阻塞或减少你心灵的活动。我们知道舒服，健康，幸福，是人生的目标，我们因此推想我们痛苦的起点是在望见那些目标而得不到的时候。我们常听人说"假如我像某人那样生活无忧我一定可以好好地做事，不比现在整天的精神全花在琐碎的烦恼上。"我们又听说"我不能做事就为身体太坏，若是精神来得，那就……"我们又常常设想幸福的境界，我们想"只要有一个意中人在跟前那我一定奋发，什么事做不到？"但是不，在事实上，舒服，健康，幸福，不但不一定是帮助或奖励心灵生活的条件，它们有时正得相反的效果。我们看不起有钱人，在社会上的得意人，肌肉过分发展的运动家，也正在此；至于年少人幻想中的美满幸福，我敢说等得当真有了红袖添香，你的书也就读不出所以然来，且不说什么在学问上或艺术上更认真地工作。

那末生活的满足是我的病源吗？

"在先前的日子"，一个真知我的朋友，就说："正为是你生活不得平衡，正为你有欲望不得满足，你的压在内里的Libido①就形成一种升华的现象，结果你就借文学来发泄你生理

---

① Libido，力比多，即性力，泛指一切身体感官的快感。弗洛伊德认为，力比多是一种本能，一种力量，是人的心理现象发生的驱动力。

上的郁结（你不常说你从事文学是一件不预期的事吗？）；这情形又容易在你的意识里形成一种虚幻的希望，因为你的写作得到一部分赞许，你就自以为确有相当创作的天赋以及独立思想的能力。但你只是自冤自，实在你并没有什么超人一等的天赋，你的设想多半是虚荣，你的以前的成绩只是升华的结果。所以现在等得你生活换了样，感情上有了安顿，你就发现你向来写作的来源顿呈萎缩甚至枯竭的现象；而你又不愿意承认这情形的实在，妄想到你身子以外去找你思想枯窘的原因，所以你就不由得感到深刻的烦闷。你只是对你自己生气，不甘心承认你自己的本相。不，你原来并没有三头六臂的！

"你对文艺并没有真兴趣，对学问并没有真热心。你本来没有什么更高的志愿，除了相当合理的生活，你只配安分做一个平常人，享你命里铸定的'幸福'；在事业界，在文艺创作界，在学问界内，全没有你的位置。你真的没有那能耐。不信你只要自问在你心里的心里有没有那无形的'推力'，整天整夜地恼着你，逼着你，督着你，放开实际生活的全部，单望着不可捉摸的创作境界里去冒险？是的，顶明显的关键就是那无形的推力或是冲动（The Impulse），没有它人类就没有科学，没有文学，没有艺术，没有一切超越功利实用性质的创作。你知道在国外（国内当然也有，许没那样多）有多少人被这无形的推力驱使着，在实际生活上变成一种离魂病性质的变态动物，不但人间所有的虚荣永远沾不上他们的思想，就连维持生命的睡眠饮食，在他们都失了重要，他们全部的心力只是在他们那无形的推力所指示的特殊方向上集中应用。怪不得有人说天才是疯癫；我们在巴黎伦敦不就到处碰得着这类怪人？如其他是一个美术家，恼着他的就只怎样可以完全表现他那理想中的形体，一个线条的准确，某种色彩的调谐，在他会得比他生身父母的生死与国家的存亡更重要，更迫切，更要求注意。我们知道专门学者有终生掘坟墓的，研究蚊虫生理的，观察亿万万里外一个星的动定的。并且他们决不问社会对于他们的劳力有否任何的认识，那就是虚荣的进路；他们是被一点无形的推力的魔鬼蛊定了的。

"这是关于文艺创作的话。你自问有没有这种情形。你也许经验过什么'灵感'，那也许有，但你却不要把刹那误认作永久的，虚幻认作真实。至于说思想与真实学问的话，那也得背后有一种推力，方向许不同，性质还是不变。做学问你得有原动的好奇心，得有天然热情的态度去做求知识的工夫。真思想家的准备，除了特强的理智，还得有一种原动的信仰；信仰或寻求信仰，是一切思想的出发点：极端的怀疑派思想也只是期望重新位置信仰的一种努力。从古来没有一个思想家不是宗教性的。在他们，各按各的倾向，一切人生的和理智的问题是实在有的；神的有无，善与恶，本体问题，认识问题，意志自由问题，在他们看来都是含逼迫性的现象，要求合理的解答——比山岭的崇高，水的流动，爱的甜蜜更真，更实在，更耸动。他们的一点心灵，就永远在他们设想的一种或多种问题的周围飞舞，旋绕，正如灯蛾之于火焰：牺牲自身贯彻火焰中心的秘密,是他们共有的决心。

"这种惨烈的情形,你怕也没有吧?我不说你的心幕上就没有思想的影子;但它们怕只是虚影,像水面上的云影,云过影子就跟着消散,不是石上的雷痕越日久越深刻。

"这样说下去,你倒可以安心了!因为个人最大的悲剧是设想一个虚无的境界来谎骗你自己,骗不到底的时候你就得忍受'幻灭'的莫大的苦痛。与其那样,还不如及早认清自己的深浅,不要把不必要的负担,放上支撑不住的肩背,压坏你自己,还难免旁人的笑话!朋友,不要迷了,定下心来享你现成的福分吧;思想不是你的分,文艺创作不是你的分,独立的事业更不是你的分!天生扛了重担来的那也没法想(哪一个天才不是活受罪!)你是原来轻松的,这是多可羡慕,多可贺喜的一个发现!算了吧,朋友!"

再 剖

你们知道喝醉了想吐吐不出或是吐不爽快的难受不是？这就是我现在的苦恼；肠胃里一阵阵的作恶，腥腻从食道里往上泛，但这喉关偏跟你别扭，它捏住你，逼住你，逗着你——不，它且不给你痛快哪！前天那篇《自剖》，就比是哇出来的几口苦水，过后只是更难受，更觉着往上冒。我告你我想要怎么样。我要孤寂：要一个静极了的地方——森林的中心，山洞里，牢狱的暗室里——再没有外界的影响来逼迫或引诱你的分心，再不须计较旁人的意见，喝彩或是嘲笑；当前唯一的对象是你自己：你的思想，你的感情，你的本性。那时它们再不会躲避，不会隐遁，不会装作；赤裸裸的听凭你察看，检验审问。你可以放胆解去你最后的一缕遮盖，袒露你最自怜的创伤，最掩讳的私亵。那才是你痛快一吐的机会。

但我现在的生活情形不容我有那样一个时机。白天太忙（在人前一个人的灵性永远是蜷缩在壳内的蜗牛），到夜间，比如此刻，静是静了，人可又倦了，惦着明天的事情又不得不早些休息。啊，我真羡慕我台上放着那块唐砖上的佛像，他在他的莲台上瞑目坐着，什么都摇不动他那入定的圆澄。我们只是在烦恼网里过日子的众生，怎敢企望那光明无碍的境界！有鞭子下来，我们躲；见好吃的我们垂涎；听声响，我们着忙；逢着痛痒，我们着恼。我们是鼠，是狗，是刺猬，是天上星星与地上泥土间爬着的虫。哪里有工夫，即使你有心想亲近你自己？那里有机会，即使你想痛快的一吐？

前几天也不知无形中经过几度挣扎，才呕出那几口苦水，这在我虽则难受还是照旧，但多少总算是发泄。事后我私下觉着愧悔，因为我不该拿我一己苦闷的骨鲠，强读者们陪着我吞咽。是苦水就不免熏蒸的恶味。我承认这完全是我自私的行为，不敢望恕的。我唯一的解嘲是这几口苦水的确是从我自己的肠胃里呕出——不是去脏水桶里舀来的。我不曾期望同情，我只要朋友们认识我的深浅——（我的浅？）。我最怕朋友们的容宠容易形成一种虚拟的期望；我这操刀自剖的一个目的，就在及早解卸我本不该扛上的担负。

是的，我还得往底里按，往更深处剖。

最初我来编辑副刊，我有一个愿心。我想把我自己整个儿交给能容纳我的读者们，我心目中的读者们，说实话，就只这时代的青年。我觉着只有青年们的心窝里有容我的空隙，我要偎着他们的热血，听他们的脉搏。我要在我自己的情感里发见他们的情感，在我自己的思想里反映他们的思想。假如编辑的意义只是选稿，配版，付印，拉稿，那还不如去做银行的伙计——有出息得多。我接受编辑晨副的机会，就为这不单是机械性的一种任务。（感谢晨报主人的信任与容忍）晨副变了我的喇叭，从这管口里我有自己吹弄我古怪的不调谐的音调，它是我的镜子，在这平面上描画出我古怪的不调谐的形状。我也决不掩讳我的原形：我就是我。我记得我第一次与读者们相见，就是一篇供状。我的经过，我的深浅，我的偏见，我的希望，我都曾经再三地声明，怕是你们早听厌了。但起初我有一种期望是真的——期望我自己。也不知那时间为什么原因，我竟有那活棱棱的一副勇气。我宣言我自己跳进了这现实的世界，存心想来对准人生的面目认他一个仔细。我信我自己的热心（不是知识）多少可以给我一些对敌力量的。我想拼这一天，把我的血肉与灵魂，放进这现实世界的磨盘里去捱，锯齿下去拉，——我就要尝那味儿！只有这样，我想，才可以期望我主办的刊物多少是一个有生命气息的东西；才可以期望在作者与读者间发生一种活的关系；才可以期望读者们觉着这一长条报纸与黑的字印的背后，的确至少有一个活着的人与一个动着的心，他的把握是在你的腕上，他的呼吸吹在你的脸上，他的欢喜，他的惆怅，他的迷惑，他的伤悲，就比是你自己的，的确是从一个可认识的主体上发出来的变化——是站在台上人的姿态，——不是投射在白幕上的虚影。

并且我当初也并不是没有我的信念与理想。有我崇拜的德行，有我信仰的原则。有我爱护的事物，也有我痛疾的事物。往理性的方向走，往爱心与同情的方向走，往光明的方向走，往真的方向走，往健康快乐的方向走，往生命，更多更大更高的生命方向走——这是我那时的一点"赤子之心"。我恨的是这时代的病象,什么都是病象:猜忌、诡诈、小巧、倾轧、挑拨、残杀、互杀、自杀、忧愁、作伪、肮脏。我不是医生,不会治病;我就有一双手,趁它们活灵的时候,我想,或许可以替这时代打开几扇窗,多少让空气流通些,浊的毒性的出去,清醒的洁净的进来。

但紧接着我的狂妄的招摇,我最敬畏的一个前辈(看了我的吊刘叔和文)就给我当头一棒——

……既立意来办报而且郑重宣言"决意改变我对人的态度",那么自己的思想就得先磨冶一番,不能单凭主觉,随便说了就算完事。迎上前去,不要又退了回来!一时的兴奋,是无用的,说话越觉得响亮起劲,跳踯有力,其实即是内心的虚弱,何况说出衰颓懊丧的语气,教一般青年看了,更给他们以可怕的影响,似乎不是志摩这番挺身出马的本意!……

迎上前去,不要又退了回来!这一喝这几个月来就没有一天不在我"虚弱的内心"里回响。实际上自从我喊出"迎上前去"以后,即使不曾撑开了往后退,至少我自己不觉得我的脚步曾经向前挪动。今天我再不能容我自己这梦梦地下去。算清亏欠,在还算得清的时候,总比窝着浑着强。我不能不自剖。冒着"说出衰颓懊丧的语气"的危险,我不能不利用这反省的锋刃,劈去纠着我心身的累赘,淤积,或许这来倒有自我真得解放的希望！

想来这做人真是奥妙。我信我们的生活至少是复性的。看得见，觉得着的生活是我们的显明的生活，但同时另有一种生活，跟着知识的开豁逐渐胚胎，成形，活动，最后支配前一种的生活，比是我们投在地上的身影，跟着光亮的增加渐渐由模糊化成清晰，形体是不可捉的，但它自有它的奥妙的存在，你动它跟着动，你不动它跟着不动。在实际生活的匆遽中，我们不易辨认另一种无形的生活的并存，正如我们在阴地里不见我们的影子；但到了某时候某境地忽地发现了它，不容否认地踵接着你的脚跟，比如你晚间步月时发现你自己的身影。它是你的性灵的或精神的生活。你觉到你有超实际生活的性灵生活的俄顷，是你一生的一个大关键！你许到极迟才觉悟（有人一辈子不得机会），但你实际生活中的经历，动作，思想，没有一丝一屑不同时在你那跟着长成的性灵生活中留着"对号的存根"，正如你的影子不放过你的一举一动，虽则你不注意到或看不见。

我这时候就比是一个人初次发现他有影子的情形。惊骇，讶异，迷惑，耸悚，猜疑，恍惚同时并起，在这辨认你自身另有一个存在的时候。我这辈子只是在生活的道上盲目地前冲，一时蹿入一个泥潭，一时踏折一枝草花，只是这无目的的奔驰；从哪里来，向哪里去，现在在哪里，该怎么走，这些根本的问题却从不曾到我的心上。但这时候突然的，恍然的我惊觉了。仿佛是一向跟着我形体奔波的影子忽然阻住了我的前路，责问我这匆匆的究竟是为什么!

　　一称新意识的诞生。这来我再不能盲冲;我至少得认明来踪与去迹,该怎样走法如其有目的地,该怎样准备,如其前程还在遥远?

　　啊,我何尝愿意吞这果子,早知有这多的麻烦!现在我第一要考查明白的是这"我"究竟是怎么一回事;然后再决定掉落在这生活道上的"我"的赶路方法。以前种种动作是没有这新意识作主宰的;此后,什么都得由它。

落　叶

　　前天你们查先生来电话要我讲演，我说但是我没有什么话讲，并且我又是最不耐烦讲演的。他说：你来吧，随你讲，随你自由地讲，你爱说什么就说什么。我们这里你知道这次开学情形很困难，我们学生的生活很枯燥很闷，我们要你来给我们一点活命的水。这话打动了我。枯燥、闷，这我懂得。虽则我与你们诸君是不相熟的，但这一件事实，你们感觉生活枯闷的事实，却立即在我与诸君无形的关系间，发生了一种真的深切的同情。我知道烦闷是怎么样一个不成形不讲情理的怪物，他来的时候，我们的全身仿佛被一个大蜘蛛网盖住了，好容易挣出了这条手臂，那条又叫粘住了。那是一个可怕的网子。我也认识生活枯燥，他那可厌的面目，我想你们也都很认识他。他是无所不在的，他附在个个人的身上，他现在个个人的脸上。你望望你的朋友去，他们的脸上有他，你自己照镜子去，你的脸上，我想，也有他，可怕的枯燥，好比是一种毒剂，他一进了我们的血液，我们的性情，我们的皮肤就变了颜色，而且我怕是离着生命远，离着坟墓近的颜色。

我是一个信仰感情的人,也许我自己天生就是一个感情性的人。比如前几天西风到了,那天早上我醒的时候是冻着才醒过来的,我看着纸窗上的颜色比往常的淡了,我被窝里的肢体像是浸在冷水里似的,我也听见窗外的风声,吹着一棵枣树上的枯叶,一阵一阵地掉下来,在地上卷着,沙沙地发响,有的飞出了外院去,有的留在墙角边转着,那声响真像是叹气。我因此就想起这西风,冷醒了我的梦,吹散了树上的叶子,它那成绩在一般饥荒贫苦的社会里一定格外的可惨。那天我出门的时候,果然见街上的情景比往常不同了;穷苦的老头、小孩全躲在街角上发抖;他们迟早免不了树上枯叶子的命运。那一天我就觉得特别的闷,差不多发愁了。

因此我听着查先生说你们生活怎样的烦闷,怎样的干枯,我就很懂得,我就愿意来对你们说一番话。我的思想——如其我有思想——永远不是成系统的。我没有那样的天才。我的心灵的活动是冲动性的,简直可以说痉挛性的。思想不来的时候,我不能要他来,他来的时候,就比如穿上一件湿衣,难受极了,只能想法子把他脱下。我有一个比喻,我方才说起秋风里的枯叶;我可以把我的思想比作树上的叶子,时期没有到,他们是不很会掉下来的;但是到时期了,再要有风的力量,他们就只能一片一片地往下落;大多数也许是已经没有生命了的,枯了的,焦了的,但其中也许有几张还留着一点秋天的颜色,比如枫叶就是红的,海棠叶就是五彩的。这叶子实用是绝对没有的;但有人,比如我自己,就有爱落叶的癖好。他们初下来时颜色有很鲜艳的，但时候久了，颜色也变，除非你保存得好。所以我的话，那就是我的思想，也是与落叶一样的无用，至多有时有几痕生命的颜色就是了。你们不爱的尽可以随意地踩过，绝对不必理会；但也许有少数人有缘分的，不责备他们的无用，竟许会把他们捡起来揣在怀里，间在书里，想延留他们幽淡的颜色。感情，真的感情，是难得的，是名贵的；是应当共有的；我们不应得拒绝感情，或是压迫感情，那是犯罪的行为，与压住泉眼不让上冲，或是掐住小孩不让喘气一样的犯罪。人在社会里本来是不相连续的个体。感情，先天的与后天的，是一种线索，一种经纬，把原来分散的个体织成有文章的整体。但有时线索也有破烂与涣散的时候，所以一个社会里必须有新的线索继续地产出，有破烂的地方去补，有涣散的地方去拉紧，才可以维持这组织大体的匀整，有时生产力特别加增时，我们就有机会或是推广，或是加添我们现有的面积，或是加密，像网球板穿双线似的，我们现成的组织，因为我们知道创造的势力与破坏的势力，建设与溃败的势力，上帝与撒旦的势力，是同时存在的。这两种势力是在一架天平上比着；他们很少平衡的时候，不是这头沉，就是那头沉，是的，人类的命运是在一架大天平上比着，一个巨大的黑影，那是我们集合的化身，在那里看着，他的手里满拿着分两的砝码，一会往这头送，一会又往那头送，地球尽转着，太阳、月亮、星，轮流地照着，我们的运命永远是在天平上称着。

　　我方才说网球拍，不错，球拍是一个好比喻。你们打球的知道网拍上哪里几根线是最吃重最要紧，哪几根线要是特别有劲的时候，不仅你对敌时拉球、抽球、拍球格外来的有力，出色，并且你的拍子也就格外的经用，少数特强的分子保持了全体的匀整。这一条原则应用到人道上，就是说，假如我们有力量加密，加强我们最普通的同情线，那线如其穿连得到所有跳动的人心时，那时我们的大网子就坚实耐用，天津人说的，就有根。不问天时怎样的坏，管他雨也罢，云也罢，霜也罢，风也罢，管他水流怎样的急，我们假如有这样一个强有力的大网子，哪怕不能在时间无尽的洪流里——早晚网起无价的珍品，哪怕不能在我们命运的天平上重重地加下创造的生命的分量？

所以我说真的感情，真的人情，是难能可贵的，那是社会组织的基本成分。初起也许只是一个人心灵里偶然的震动，但这震动，不论怎样的微弱，就产生了极远的波纹；这波纹要是唤得起同情的反应时，原来细的便拼成了粗的，原来弱的便合成了强的，原来脆性的便结成了韧性的，像一缕缕的苎麻打成了粗绳似的；原来只是微波，现在掀成了大浪，原来只是山罅里的一股细水，现在流成了滚滚的大河，向着无边的海洋里流着。比如耶稣在山头上的训道（Sermon on the mount）还不是有限的几句话，但这一篇短短的演说，却制定了人类想望的止境，建设了绝对的价值的标准，创造了一个纯粹的完全的宗教。那是一件大事实，人类历史上一件最伟大的事实。再比如释迦牟尼感悟了生老、病死的究竟，发大慈悲心，发大勇猛心，发大无畏心，抛弃了他人间的地位，富与贵，家庭与妻子，直到深山里去修道，结果他也替苦闷的人间打开了一条解放的大道,为东方民族的天才下一个最光华的定义。那又是人类历史上的一件奇迹。但这样大事的起源还不止是一个人的心灵里偶然的震动,可不仅仅是一滴最透明的真挚的感情滴落在黑沉沉的宇宙间?

　　感情是力量,不是知识。人的心是力量的府库,不是他的逻辑。有真感情的表现,不论是诗是文是音乐是雕刻或是画,好比是一块石子掷在平面的湖心里,你站着就看得见他引起的变化。没有生命的理论,不论他论的是什么理,只是拿石块扔在沙漠里,无非在干枯的地面上添一颗干枯的分子,也许掷下去时便听得出一些干枯的声响,但此外只是一大片死一般的沉寂了。所以感情才是成江成河的水泉,感情才是织成大网的线索。

　　但是我们自己的网子又是怎么样呢?现在时候到了,我们应当张大了我们的眼睛,认明白我们周围事实的真相。我们已经含糊了好久,现在再不容含糊的了。让我们来大声地宣布我们的网子是坏了的,破了的,烂了的;让我们痛快地宣告我们民族的破产,道德、政治、社会、宗教、文艺,一切都是破产了的。我们的心窝变成了蠹虫的家,我们的灵魂里住着一个可怕的大谎!那天平上沉着的一头是破坏的重量,不是创造的重量;是溃败的势力,不是建设的势力;是撒旦的魔力,不是上帝的神灵。霎时间这边路上长满了荆棘,那边道上涌起了洪水,我们头顶有骇人的声音,是雷霆还是炮火呢?我们周围有一哭声与笑声,哭是我们的灵魂受污辱的悲声,笑是活着的人们疯魔了的狞笑,那比鬼哭更听得可怕,更凄惨。我们张开眼来看时，差不多更没有一块干净的土地，哪一处不是叫鲜血与眼泪冲毁了的；更没有平安的所在，因为你即使忘却了外面的世界，你还是躲不了你自身的烦闷与苦痛。不要以为这样混沌的现象是原因于经济的不平等，或是政治的不安定，或是少数人的放肆的野心。这种种都是空虚的，欺人自欺的理论，说着容易，听着中听，因为我们只盼望脱卸我们自身的责任，只要不是我的分，我就有权利骂人。但这是，我着重地说，懦怯的行为；这正是我说的我们各个人灵魂里躲着的大谎！你说少数的政客，少数的军人，或是少数的富翁，是现在变乱的原因吗？我现在对你说：先生，你错了，你很大地错了，你太恭维了那少数人，你太瞧不起你自己。让我们一致地来承认，在太阳普遍的光亮底下承认，我们各个人的罪恶，各个人的不洁净，各个人的苟且与懦怯与卑鄙！我们是与最肮脏的一样的肮脏，与最丑陋的一般的丑陋，我们自身就是我们命运的原因。除非我们能起拔了我们灵魂里的大谎，我们就没有救度；我们要把祈祷的火焰把那鬼烧净了去，我们要把忏悔的眼泪把那鬼冲洗了去，我们要有勇敢来承当罪恶；有了勇敢来承当罪恶，方有胆量来决斗罪恶。再没有第二条路走。如其你们可以容恕我的厚颜，我想念我自己近作的几首诗给你们听，因为那几首诗，正是我今天讲的话的更集中地表现：

毒 药

今天不是我歌唱的日子,我口边涎着狞恶的微笑,不是我说笑的日子,我胸怀间插着发冷光的利刃;

相信我,我的思想是恶毒的因为这世界是恶毒的,我的灵魂是黑暗的因为太阳已经灭绝了光彩,我的声调是像坟堆里的夜鸦因为人间已经杀尽了一切的和谐,我的口音像是冤鬼责问他的仇人因为一切的恩已经让路给一切的怨;

但是相信我,真理是在我的话里虽则我的话像是毒药,真理是永远不含糊的虽则我的话里仿佛有两头蛇的舌,蝎子的尾尖,蜈蚣的触须;只因为我的心里充满着比毒药更强烈,比咒诅更狠毒,比火焰更猖狂,比死更深奥的不忍心与怜悯心与爱心,所以我说的话是毒性的,咒诅的,燎灼的,虚无的;

相信我,我们一切的准绳已经埋没在珊瑚土打紧的墓宫里,最劲冽的祭奠的香味也穿不透这严封的地层:一切的准则是死了的;

我们一切的信心像是顶烂在树枝上的风筝,我们手里擎着这迸断了的鹞线:一切的信心是烂了的;

相信我,猜疑的巨大的黑影,像一块乌云似的,已经笼盖着人间一切的关系:人子不再悲哭他新死的亲娘,兄弟不再来携着他姊妹的手,朋友变成了寇仇,看家的狗回头来咬他主人的腿:是的,猜疑淹没了一切;在路旁坐着啼哭的,在街心里站着的,在你窗前探望的,都是被奸污的处女:池潭里只见些烂破的鲜艳的荷花；

在人道恶浊的涧水里流着，浮莩似的，五具残缺的尸体，它们是仁义礼智信，向着时间无尽的海澜里流去；

这海是一个不安静的海，波涛猖獗的翻着，在每个浪头的小白帽上分明的写着人欲与兽性；

到处是奸淫的现象：贪心搂抱着正义，猜忌逼迫着同情，懦怯狎亵着勇敢，肉欲侮弄着恋爱，暴力侵凌着人道，黑暗践踏着光明；

听呀，这一片淫猥的声响，听呀，这一片残暴的声响；

虎狼在热闹的市街里，强盗在你们妻子的床上，罪恶在你们深奥的灵魂里……

白　旗

来，跟着我来，拿一面白旗在你们的手里——不是上面写着激动怨毒，鼓励残杀字样的白旗，也不是涂着不洁净血液的标记的白旗，也不是画着忏悔与咒语的白旗（把忏悔画在你们的心里）；

你们排列着，噤声的，严肃的，像送丧的行列，不容许脸上留存一丝的颜色，一毫的笑容，严肃的，噤声的，像一队决死的兵士；

现在时辰到了，一齐举起你们手里的白旗，像举起你们的心一样，仰看着你们头顶的青天，不转瞬的，恐惶的，像看着你们自己的灵魂一样；

现在时辰到了,你们让你们熬着、壅着,迸裂着,滚沸着的眼泪流,直流,狂流,自由的流,痛快的流,尽性的流,像山水出峡似的流,像暴雨倾盆似的流……

现在时辰到了,你们让你们咽着,压迫着,挣扎着,汹涌着的声音嚎,直嚎,狂嚎,放肆的嚎,凶狠的嚎,像飓风在大海波涛间的嚎,像你们丧失了最亲爱的骨肉时的嚎……

现在时辰到了,你们让你们回复了的天性忏悔,让眼泪的滚油煎净了的,让嚎恸的雷霆震醒了的天性忏悔,默默的忏悔,悠久的忏悔,沉彻的忏悔,像冷峭的星光照落在一个寂寞的山谷里,像一个黑衣的尼僧匍匐在一座金漆的神龛前;……

在眼泪的沸腾里,在嚎恸的酣彻里,在忏悔的沉寂里,你们望见了上帝永久的威严。

婴 儿

我们要盼望一个伟大的事实出现,我们要守候一个馨香的婴儿出世:——

你看他那母亲在她生产的床上受罪!

她那少妇的安详、柔和、端丽,现在在剧烈的阵痛里变形成不可信的丑恶:你看她那遍体的筋络都在她薄嫩的皮肤底里暴涨着,可怕的青色与紫色,像受惊的水青蛇在田沟里急洄似的,汗珠站在她的前额上像一颗颗的黄豆,她的四肢与身体猛烈的抽搐着,畸屈着,奋挺着,纠旋着,仿佛她垫着的席子是

用针尖编成的,仿佛她的帐围是用火焰织成的;

一个安详的,镇定的,端庄的,美丽的少妇,现在在绞痛的惨酷里变形成魔鬼似的可怖:她的眼,一时紧紧的阖着,一时巨大的睁着,她那眼,原来像冬夜池潭里反映着的明星,现在吐露着青黄色的凶焰,眼珠像是烧红的炭火,映射出她灵魂最后的奋斗,她的原来朱红色的口唇,现在像是炉底的冷灰,她的口颤着,撅着,扭着,死神的热烈的亲吻不容许她一息的平安,她的发是散披着,横在口边,漫在胸前,像揪乱的麻丝,她的手指间紧抓着几穗拧下来的乱发;

这母亲在她生产的床上受罪:——

但她还不曾绝望,她的生命挣扎着血与肉与骨与肢体的纤微,在危崖的边沿上,抵抗着,搏斗着,死神的逼迫;

她还不曾放手,因为她知道(她的灵魂知道!)这苦痛不是无因的,因为她知道她的胎宫里孕育着一点比她自己更伟大的生命的种子,包涵着一个比一切更永久的婴儿;

因为她知道这苦痛是婴儿要求出世的征候,是种子在泥土里爆裂成美丽的生命的消息,是她完成她自己生命的使命的时机;

因为她知道这忍耐是有结果的,在她剧痛的昏瞀中,她仿佛听着上帝准许人间祈祷的声音,她仿佛听着天使们赞美未来的光明的声音;

因此她忍耐着,抵抗着,奋斗着……她抵拼绷断她统体的纤微,她要赎出在她那胎宫里动荡着的生命,在她一个完全,美丽的婴儿出世的盼望中,最锐利,最沉酣的痛感逼成了最锐利最沉酣的快感……

　　这也许是无聊的希冀，但是谁不愿意活命，就使到了绝望最后的边沿，我们也还要妄想希望的手臂从黑暗里伸出来挽着我们。我们不能不想望这苦痛的现在，只是准备着一个更光荣的将来，我们要盼望一个洁白的肥胖的活泼的婴儿出世！

　　新近有两件事实，使我得到很深的感触。让我来说给你们听听。

　　前几时有一天俄国公使馆挂旗，我也去看了。加拉罕站在台上，微微地笑着，他的脸上发出一种严肃的青光，他侧仰着他的头看旗上升时，我觉着了他的人格的尊严，他至少是一个有胆有略的男子，他有为主义牺牲的决心，他的脸上至少没有苟且的痕迹，同时屋顶那根旗杆上，冉冉地升上了一片的红光，背着窅远没有一斑云彩的青天。那面簇新的红旗在风前料峭地袅荡个不定。这异样的彩色与声响引起了我异样的感想。是腼腆，是骄傲，还是鄙夷，如今这红旗初次面对着我们偌大的民族？在场人也有拍掌的，但只是断续地拍掌，这就算是我想我们初次见红旗的敬意；但这又是鄙夷，骄傲，还是惭愧呢？那红色是一个伟大的象征，代表人类史里最伟大的一个时期；不仅标示俄国民族流血的成绩，却也为人类立下了一个勇敢尝试的榜样。在那旗子抖动的声响里我不仅仿佛听出了这近十年来那斯拉夫民族失败与胜利的呼声，我也想象到百数十年前法国革命时的狂热，一七八九年七月四日那天巴黎市民攻破巴士梯亚①牢狱时的疯癫。自由,平等,友爱!友爱,平等,自由!你们听呀,在这呼声里人类理想的火焰一直从地面上直冲破天顶,历史上再没有更重要更强烈的转变的时期。卡莱尔(Carlyle)在他的法国革命史里形容这件大事有三句名句,他说,"To describe this scene transcends the talent ofmortals. After four hours of worldbedlam it surrenders. The Bastille is down!"他说:"要形容这一景超过了凡人的力量。过了四小时的疯狂他(那大牢)投降了。巴士梯亚是下了!"打破一个政治犯的牢狱不算是了不得的大事,但这事实里有一个象征。巴士梯亚是代表阻碍自由的势力,巴黎市民的攻击是代表全人类争自由的势力,巴士梯亚的"下"是人类理想胜利的凭证。自由,平等,友爱!友爱,平等,自由!法国人在百几十年前猖狂地叫着。这叫声还在人类的性灵里荡着。我们不好像听见吗,虽则隔着百几十年光阴的旷野。如今凶恶的巴士梯亚又在我们的面前堵着;我们如其再不发疯,他那牢门上的铁钉,一个个都快刺透我们的心胸了!

  这是一件事。还有一件是我六月间伴着泰戈尔到日本时的感想。早七年我过太平洋时曾经到东京去玩过几个钟头,我记得到上野公园去,上一座小山去下望东京的市场,只见连绵的高楼大厦,一派富盛繁华的景象。这回我又到上野去了,我又登山去望东京城了,那分别可太大了!房子,不错,原是有

---

① 巴士梯亚,通译巴士底狱。

的；但从前是几层楼的高房，还有不少有名的建筑，比如帝国剧场、帝国大学等等，这次看见的，说也可怜，只是薄皮松板暂时支着应用的鱼鳞似的屋子，白松松的像一个烂发的花头，再没有从前那样富盛与繁华的气象。十九的城子都是叫那大地震吞了去烧了去的。我们站着的地面平常看是再坚实不过的，但是等到他起兴时小小地翻一个身，或是微微地张一张口，我们脆弱的文明与脆弱的生命就够受。我们在中国的差不多是不能想着世界上，在醒着的不是梦里的世界上，竟可以有那样的大灾难。我们中国人是在灾难里讨生活的，水、旱、刀兵、盗劫，哪一样没有，但是我敢说我们所有的灾难合起来，也抵不上我们邻居一年前遭受的大难。那事情的可怕，我敢说是超过了人类忍受力的止境。我们国内居然有人以日本人这次大灾为可喜的，说他们活该，我真要请协和医院大夫用X光检查一下他们那几位，究竟他们是有没有心肝的。因为在可怕的运命的面前，我们人类的全体只是一群在山里逢着雷霆风雨时的绵羊，哪里还能容什么种族、政治等等的偏见与意气？我来说一点情形给你们听听，因为虽则你们在报上看过极详细的记载，不曾亲自察看过的总不免有多少距离的隔膜。我自己未到日本前与看过日本后，见解就完全的不同。你们试想假定我们今天在这里集会，我讲的，你们听的，假如日本那把戏轮着我们头上来时，要不了的搭的搭的搭的三秒钟我与你们与讲台与屋子就永远诀别了地面，像变戏法似的，影踪都没了。那是事实，横滨有如几所五六层高的大楼，全是在三四秒时间内整个儿与地面拉一个平，全没了。你们知道圣书里面形容天降大难的时候，不要说本来脆弱的人类完全放弃了一切的虚荣，就是最猛鸷的野兽与飞禽也会在霎时间变化了性质，老虎会来小猫似的挨着你躲着，利喙的鹰鹞会得躲入鸡棚里去窝着，比鸡还要驯服。在那样非常的变动时，他们也好似觉悟了这彼此同是生物的亲属关系，在天怒的跟前同是剥夺了抵抗力的小虫子，这里面就发生了同命运的同情。你们试想就东京一地说，二三百万的人口，几十百年辛勤的成绩，突然地面对着最后审判的实在，就在今天我们回想起当时他们全城子像一个滚沸的油锅时的情景，原来热闹的市场变成了光焰万丈的火盆，在这里面人类最集中的心力与体力的成绩全变了燃料，在这里面艺术、教育、政治、社会人的骨与肉与血都化成了灰烬，还有百十万男女老小的哭嚷声，这哭声本体就可以摇动天地，——我们不要说亲身经历，就是坐在椅子上想象这样不可信的情景时，也不免觉得害怕不是？那可不是玩儿的事情。单只描写那样的大变，恐怕至少就需要荷马或是莎士比亚的天才。你们试想在那时候，假如你们亲身经历时，你的心理该是怎么样？你还恨你的仇人吗？你还不饶恕你的朋友吗？你还沾恋你个人的私利吗？你还有欺哄人的机会吗？你还有什么希望吗？你还不搂住你身旁的生物，管他是你的妻子，你的老子，你的听差，你的妈，你的冤家，你的老妈子，你的猫，你的狗，把你灵魂里还剩下的光明一齐放射出来，和着你同难的同胞在这普遍的黑暗里来一个最后的结合吗？

但命运的手段还不是那样的简单。他要是把你的一切都扫灭了，那倒也是一个痛快的结束；他可不然。他还让你活着，他还有更苛刻的试验给你。太难过了，你还喘着气；你的家，你的财产，都变了你脚下的灰，你的爱亲与妻与儿女的骨肉还有烧不烂的在火堆里燃着，你没有了一切；但是太阳又在你的头上光亮地照着，你还是好好地在平定的地面上站着，你疑心这一定是梦，可又不是梦，因为不久你就发现与你同难的人们，他们也一样的疑心他们身受的是梦。可真不是梦；是真的。你还活着，你还喘着气，你得重新来过，根本地完全地重新来过。除非是你自愿放手，你的灵魂里再没有勇敢的分子。那才是你的真试验的时候。这考卷可不容易交了，要到那时候你才知道你自己究竟有多大能耐，值多少，有多少价值。

我们邻居日本人在灾后的实际就是这样。全完了，要来就得完全来过，尽你自身的力量不够，加上你儿子的，你孙子的，你孙子的儿子的儿子的孙子的努力，也许可以重新撑起这份家私，但在这努力的经程中，谁也保不定天与地不再捣乱；你的几十年只要他的几秒钟。问题所以是你干不干？就只干脆的一句话，你干不干，是或否？同时也许无情的运命，扭着他那丑陋可怕的脸子在你的身旁冷笑，等着你最后的回话。你干不干，他仿佛也涎着他的怪脸问着你！

我们勇敢的邻居们已经交了他们的考卷；他们回答了一个干脆的干字，我们不能不佩服。我们不能不尊敬他们精神的人格。不等那大震灾的火焰缓和下去，我们邻居们第二次的奋斗已经庄严地开始了。不等命运的残酷的手臂松放,他们已经宣言他们积极的态度对运命宣战。这是精神的胜利,这是伟大,这是证明他们有不可摇的信心,不可动的自信力;证明他们是有道德的与精神的准备的,有最坚强的毅力与忍耐力的,有内心潜在着的精力的,有充分的后备军的,好比说,虽则前敌一起在炮火里毁了,这只是给他们一个出马的机会。他们不但不悲观,不但不消极,不但不绝望,不但不低着嗓子乞怜,不但不倒在地下等救,在他们看来这大灾难,只是一个伟大的激刺,伟大的鼓励,伟大的灵感,一个应有的试验,因此他们新来的态度只是双倍的积极,双倍的勇猛,双倍的兴奋,双倍的有希望;他们仿佛是经过大战的大将,战阵愈急迫愈危险,战鼓愈打得响亮,他的胆量愈大,往前冲的步子愈紧,必胜的决心愈强。这,我说,真是精神的胜利,一种道德的强制力,伟大的,难能的,可尊敬的,可佩服的。泰戈尔说的,国家的灾难,个人的灾难,都是一种试验:除是灾难的结果压倒了你的意志与勇敢,那才是真的灾难,因为你更没有翻身的希望。

  这也并不是说他们不感觉灾难的实际的难受,他们也是人,他们虽勇,心究竟不是铁打的。但他们表现他们痛苦的状态是可注意的;他们不来零碎的呼叫,他们采用一种雄伟的庄严的仪式。此次震灾的周年纪念时;他们选定一个时间,举行他们全国的悲哀;在不知是几秒或几分钟的期间内,他们全国的国民一致地静默了,全国民的心灵在那短时间内融合在一阵忏悔的,祈祷的,普遍的肃静里(那是何等的凄伟!);然后,一个信号打破了全国的静默,那千百万人民又一致地高声悲号,悲悼他们曾经遭受的惨运;在这一声弥漫的哀号里,他们国民,不仅发泄了蓄积着的悲哀,这一声长号,也表明他们一致重新来过的伟大的决心(这又是何等的凄伟!)。

这是教训,我们最切题的教训。我个人从这两件事情——俄国革命与日本地震——感到极深刻的感想;一件是告诉我们什么是有意义有价值的牺牲,那表面紊乱的背后坚定地站着某种主义或是某种理想,激动人类潜伏着一种普遍的想望,为要达到那想望的境界,他们就不顾冒怎样剧烈的险与难,拉倒已成的建设,踏平现有的基础,抛却生活的习惯,尝试最不可测量的路子。这是一种疯癫,但是有目的的疯癫;单独地看,局部地看,我们尽可以下种种非难与责备的批评,但全部地看,历史地看时,那原来纷乱的就有了条理,原来散漫的就成了片段,甚至于在经程中一切反理性的分明残暴的事实都有了他们相当的应有的位置,在这部大悲剧完成时,在这无形的理想"物化"成事实时,在人类历史清理结帐时,所得便超过所出,盈余至少是盖得过损失的。我们现在自己的悲惨就在问题不集中,不清楚,不一贯;我们缺少,用一个现成的比喻——那一面半空里升起来的彩色旗,(我不是主张红旗我不过比喻罢了!)使我们有眼睛能看的人都不由得仰着头望;缺少那青天里的一个霹雳,使我们有耳朵能听的不由得惊心。正因为缺乏这样一个一贯的理想与标准(能够表现我们潜在意识所想望的),我们有的那一部疯癫性——历史上所有的大运动都脱不了疯癫性的成分——就没有机会充分地外现，我们物质生活的累赘与沾恋，便有力量压迫住我们精神性的奋斗；不是我们天生不肯牺牲，也不是天生懦怯，我们在这时期内的确不曾寻着值得或是强迫我们牺牲的那件理想的大事，结果是精力的散漫，志气的怠惰，苟且心理的普遍，悲观主义的盛行，一切道德标准与一切价值的毁灭与埋葬。

人原来是行为的动物，尤其是富有集合行为力的，他有向上的能力，但他也是最容易堕落的，在他眼前没有正当的方向时，比如猛兽监禁在铁笼子里。在他的行为力没有发展的机会时，他就会随地躺了下来，管他是水潭是泥潭，过他不黑不白的猪奴的生活。这是最可惨的现象，最可悲的趋向。如其我们容忍这种状态继续存在时，那时每一对父母每次生下一个洁净的小孩，只是为这卑劣的社会多添一个堕落的分子，那是莫大的亵渎的罪孽；所有的教育与训练也就根本地失去了意义，我们还不如盼望一个大雷霆下来毁尽了这三江或四江流域的人类的痕迹！

再看日本人天灾后的勇猛与毅力，我们就不由得不惭愧我们的穷，我们的乏，我们的寒碜。这精神的穷乏才是真可耻的，不是物质的穷乏。我们所受的苦难都还不是我们应有的试验的本身，那还差得远着哪；但是我们的丑态已经恰好与人家的从容成一个对照。我们的精神生活没有充分的涵养，所以临着稀小的纷扰便没有了主意，像一个耗子似的，他的天才只是害怕，他的伎俩只是小偷；又因为我们的生活没有深刻的精神的要求，所以我们合群生活的大网子就缺少最吃分量最经用的那几条普遍的同情线，再加之原来的经纬已经到了完全破烂的状态，这网子根本就没有了联结，不受外物侵损时已有溃败的可能，哪里还能在时代的急流里，捞起什么有价值的东西？说也奇怪，这几千年历史的传统精神非但不曾供给我们社会一个顽固的基础，我们现在到了再不容隐讳的时候，谁知道发现我们的桩子，只是在黄河里造桥，打在流沙里的！

难怪悲观主义变成了流行的时髦！但我们年轻人，我们的身体里还有生命跳动，脉管里多少还有鲜血的年轻人，却不应当沾染这最致命的时髦，不应当学那随地躺得下去的猪，不应当学那苟且专家的耗子，现在时候逼迫了，再不容我们刹那的含糊。我们要负我们应负的责任，我们要来补织我们已经破烂的大网子，我们要在我们各个人的生活里抽出人道的同情的纤维来合成强有力的绳索，我们应当发现那适当的象征，像半空里那面大旗似的，引起普遍的注意；我们要修养我们精神的与道德的人格，预备忍受将来最难堪的试验。简单的一句话，我们应当在今天——过了今天就再没有那一天了——宣传我们对于生活基本的态度。是是还是否；是积极还是消极；是生道还是死道；是向上还是堕落？在我们年轻人一个字的答案上就挂着我们全社会的命运的决定。我盼望我至少可以代表大多数青年，在这篇讲演的末尾，高叫一声——用两个有力量的外国字——

"Everlasting yea！"①

---

① Everlasting yea：永远用积极的态度去对待人生。

海滩上种花

朋友是一种奢华:且不说酒肉势利,那是说不上朋友,真朋友是相知,但相知谈何容易,你要打开人家的心,你先得打开你自己的,你要在你的心里容纳人家的心,你先得把你的心推放到人家的心里去:这真心或真性情的相互地流转,是朋友的秘密,是朋友的快乐。但这是说你内心的力量够得到,性灵的活动有富余,可以随时开放,随时往外流,像山里的泉水,流向容得住你的同情的沟槽;有时你得冒险,你得花本钱,你得抵拼在巉岈的乱石间,触刺的草缝里耐心地寻路,那时候艰难,苦痛,消耗,在在是可能的,在你这水一般灵动,水一般柔顺的寻求同情的心能找到平安欣快以前。

我所以说朋友是奢华;"相知"是宝贝,但得拿真性情的血本去换,去拼。因此我不敢轻易说话,因为我自己知道我的来源有限,十分地谨慎尚且不时有破产的恐惧;我不能随便"花"。前天有几位小朋友来邀我跟你们讲话,他们的恳切折服了我,使我不得不从命,但是小朋友们,说也惭愧,我拿什么来给你们呢?

我最先想来对你们说些孩子话,因为你们都还是孩子。但是那孩子的我到哪里去了?仿佛昨天我还是个孩子,今天不知怎的就变了样。什么是孩子?要不为一点活泼的天真,但天真就比是泥土里的嫩芽,天冷泥土硬就压住了它的生机——这年头问谁去要和暖的春风?

孩子是没了。你记得的只是一个不清切的影子,模糊得紧,我这时候想起就像是一个瞎子追念他自己的容貌,一样的记不周全;他即使想急了拿一双手到脸上去印下一个模子来,那模子也是个死的。真的没了。一天在公园里见一个小朋友不提多么活动,一忽儿上山,一忽儿爬树,一忽儿溜冰,一忽儿干草里打滚,要不然就跳着憨笑;我看着羡慕,也想学样,跟他一起玩,但是不能,我是一个大人,身上穿着长袍,心里存着体面,怕招人笑,天生的灵活换来矜持的存心——孩子,孩子是没有的了,有的只是一个年岁与教育蛀空了的躯壳,死僵僵的,不自然的。

我又想找回我们天性里的野人来对你们说话。因为野人也是接近自然的;我前几年过印度时得到极刻心的感想,那里的街道房屋以及土人的体肤容貌,生活的习惯,虽则简,虽则陋,虽则不夸张,却处处与大自然——上面碧蓝的天,火热的阳光,地下焦黄的泥土,高矗的椰树——相调谐,情调、色彩、结构,看来有一种意义的一致,就比是一件完美的艺术的作品。也不知怎的,那天看了他们的街,街上的牛车,赶车的老头露着他的赤光的头颅与紫姜色的圆肚,他们的庙,庙里的圣像与神座前的花，我心里只是不自在，就仿佛这情景是一个熟悉的声音的叫唤，叫你去跟着他，你的灵魂也何尝不活跳跳地想答应一声"好，我来了"，但是不能，又有碍路的挡着你，不许你回复这叫唤声启示给你的自由。困着你的是你的教育；我那时的难受就比是一条蛇摆脱不了困住他的一个硬性的外壳——野人也给压住了，永远出不来。

所以今天站在你们上面的我不再是融会自然的野人，也不是天机活灵的孩子：我只是一个"文明人"，我能说的只是"文明话"。但什么是文明只是堕落？文明人的心里只是种种虚荣的念头，他到处忙不算，到处都得计较成败。我怎么能对着你们不感觉惭愧？不了解自然不仅是我的心，我的话也是的。并且我即使有话说也没法表现，即使有思想也不能使你们了解；内里那点子性灵就比是在一座石壁里牢牢地砌住，一丝光亮都不透，就凭这双眼望见你们，但有什么法子可以传达我的意思给你们，我已经忘却了原来的语言，还有什么话可说的？

但我的小朋友们还是逼着我来说谎（没有话说而勉强说话便是谎）。知识，我不能给；要知识你们得请教教育家去，我这里是没有的。智慧，更没有了：智慧是地狱里的花果，能进地狱更能出地狱的才采得着智慧，不去地狱的便没有智慧——我是没有的。

我正发窘的时候，来了一个救星——就是我手里这一小幅画，等我来讲道理给你们听。这张画是我的拜年片，一个朋友替我制的。你们看这个小孩子在海边沙滩上独自地玩,赤脚穿着草鞋,右手提着一枝花,使劲把它往沙里栽,左手提着一把浇花的水壶,壶里水点一滴滴地往下吊着。离着小孩不远看得见海里翻动着的波澜。

你们看出了这画的意思没有?

在海沙里种花。在海沙里种花!那小孩这一番种花的热心怕是白费的了。沙碛是养不活鲜花的,这几点淡水是不能帮忙的;也许等不到小孩转身,这一朵小花已经支不住阳光的逼迫,就得交卸他有限的生命,枯萎了去。况且那海水的浪头也快打过来了,海浪冲来时不说这朵小小的花,就是大根的树也怕站不住——所以这花落在海边上是绝望的了,小孩这番力量准是白花的了。

你们一定很能明白这个意思。我的朋友是很聪明的,他拿这画意来比我们一群呆子,乐意在白天里做梦的呆子,满心想在海沙里种花的傻子。画里的小孩拿着有限的几滴淡水想维持花的生命,我们一群梦人也想在现在比沙漠还要干枯比沙滩更没有生命的社会里,凭着最有限的力量,想下几颗文艺与思想的种子,这不是一样的绝望,一样的傻?想在海沙里种花,想在海沙里种花,多可笑呀!但我的聪明的朋友说,这幅小小画里的意思还不止此;讽刺不是她的目的。她要我们更深一层看。在我们看来海沙里种花是傻气,但在那小孩自己却不觉得。他的思想是单纯的,他的信仰也是单纯的。他知道的是什么?他知道花是可爱的,可爱的东西应得帮助他发长;他平常看见花草都是从地里长出来的,他看来海沙也只是地,为什么海沙里不能长花他没有想到,也不必想到,他就知道拿花来栽,拿水去浇,只要那花在地上站直了他就欢喜,他就乐,他就会跳他的跳,唱他的唱,来赞美这美丽的生命,以后怎么样,海沙的性质,花的运命,他全管不着!我们知道小孩们怎样的崇拜自然,他的身体虽则小,他的灵魂却是大着,他的衣服也许脏,他的心可是洁净的。这里还有一幅画,这是自然的崇拜,你们看这孩子在月光下跪着拜一朵低头的百合花,这时候他的心与月光一般的清洁,与花一般的美丽,与夜一般的安静。我们可以知道到海边上来种花那孩子的思想与这月下拜花的孩子的思想会得跪下的——单纯,清洁,我们可以想象那一个孩子把花栽好了也是一样来对着花膜拜祈祷——他能把花暂时栽了起来便是他的成功,此外以后怎么样不是他的事情了。

你们看这个象征不仅美,并且有力量,因为它告诉我们单纯的信心是创作的泉源——这单纯的烂漫的天真是最永久最有力量的东西,阳光烧不焦它,狂风吹不倒它,海水冲不了它,黑暗掩不了它——地面上的花朵有被摧残有消灭的时候,但小孩爱花种花这一点:"真"却有的是永久的生命。

我们来放远一点看,我们现有的文化只是人类在历史上努力与牺牲的成绩。为什么人们肯努力肯牺牲?因为他们有天生的信心;他们的灵魂认识什么是真什么是善什么是美,虽则他们的肉体与智识有时候会诱惑他们反着方向走路;但只是他们认明一件事情是有永久价值的时候,他们就自然地会得兴奋,不期然地自己牺牲，要在这忽忽变动的声色的世界里，赎出几个永久不变的原则的凭证来。耶稣为什么不怕上十字架？密尔顿①何以瞎了眼还要做诗，贝德芬②何以聋了还要制音乐，米亿郎其罗为什么肯积受几个月的潮湿不顾自己的皮肉与靴子连成一片的用心思，为的只是要解决一个小小的美术问题？为什么永远有人到冰洋尽头雪山顶上去探险？为什么科学家肯在显微镜底下或是数目字中间研究一般人眼看不到心想不通的道理消磨他一生的光阴？

为的是这些人道的英雄都有他们不可摇动的信心；像我们在海沙里种花的孩子一样，他们的思想是单纯的——宗教家为善的原则牺牲，科学家为真的原则牺牲，艺术家为美的原则牺牲——这一切牺牲的结果便是我们现有的有限的文化。

你们想想在这地面上做事难道还不是一样的傻气——这地面还不与海沙一样不容你生根；在这里的事业还不是与鲜花一样的娇嫩？——潮水过来可以冲掉，狂风吹来可以折坏，阳光晒来可以熏焦我们小孩子手里拿着往沙里栽的鲜花，同样的，我们文化的全体还不一样有随时可以冲掉折坏熏焦的可能吗？巴比伦的文明现在哪里？庞贝城曾经在地下埋过千百年，克利脱的文明直到最近五六十年间才完全发见。并且有时一件事实体的存在并不能证明他生命的继续。这区区地球的本体就有

---

① 密尔顿：通译为弥尔顿，英国诗人。
② 贝德芬：通译为贝多芬，德国音乐家。

一千万个毁灭的可能。人们怕死不错,我们怕死人,但最可怕的不是死的死人,是活的死人,单有躯壳生命没有灵性生活是莫大的悲惨;文化也有这种情形,死的文化倒也罢了,最可怜的是勉强喘着气的半死的文化。你们如其问我要例子,我就不迟疑的回答你说,朋友们,贵国的文化便是一个喘着气的活死人!时候已经很久的了,自从我们最后的几个祖宗为了不变的原则牺牲他们的呼吸与血液,为了不死的生命牺牲他们有限的存在,为了单纯的信心遭受当时人的讪笑与侮辱。自从我们最后听见普遍的声音像潮水似的充满着地面,自从我们最后看见强烈的光明像彗星似的劫扫过地面。时候已经很久的了,自从我们最后为某种主义流过火热的鲜血。自从我们的骨髓里有胆量,我们的说话里有力量。这是一个极伤心的反省!我真不知道这时代犯了什么不可赦的大罪,上帝竟狠心地赏给我们这样恶毒的刑罚?你看看这年头到哪里去找一个完全的男子或是一个完全的女子——你们去看去,这年头哪一个男子不是阳痿,那一个女子不是鼓胀!要形容我们现在受罪的时期,我们得发明一个比丑更丑比脏更脏比下流更下流比苟且更苟且比懦怯更懦怯的一类生字去!朋友们,真的我心里常常害怕,害怕下回东风带来的不是我们盼望中的春天,不是鲜花青草蝴蝶飞鸟,我怕他带来一个比冬天更枯槁更凄惨更寂寞的死天——因为丑陋的脸子不配穿漂亮的衣服,我们这样丑陋的变态的人心与社会凭什么权力可以问青天要阳光,问地面要青草,问飞鸟要音乐,问花朵要颜色?你问我明天天会不会放亮?我回答说我不知道，竟许不！

　　归根是我们失去了我们灵性努力的重心，那就是一个单纯的信仰，一点烂漫的童真！不要说到海滩去种花——我们都是聪明人谁愿意做傻瓜去——就是在你自己院子里种花你都懒怕动手哪！最可怕的怀疑的鬼与厌世的黑影已经占住了我们的灵魂！

　　所以朋友们，你们都是青年，都是春雷声响不会停止时破绽出来的鲜花，你们再不可堕落了——虽则陷阱的大口满张在你的跟前，你不要怕，你把你的烂漫的天真倒下去，填平了它再往前走——你们要保持那一点的信心，这里面连着来的就是精力与勇敢与灵感——你们要不怕做小傻瓜，尽量在这人道的海滩边种你的鲜花去——花也许会消灭，但这种花的精神是不烂的！

给抱怨生活干燥的朋友

得到你的信,像是掘到了地下的珍藏,一样的稀罕一样的宝贵;

看你的信,像是看古代的残碑,表面是模糊的,意致却是深微的;

又像是在尼罗河边暮夜,在月亮正照着金字塔的时候,梦见一个穿黄金袍服的帝王,对着我作谜语,我知道他的意思,他说:"我无非是一个体面的木乃伊";

又像是我在这重山脚下半夜梦醒时,听见松林里夜鹰的soprano[①],可怜的遭人厌毁的鸟,他虽则没有子规那样天赋的妙舌,但我却懂得他的怨愤,他的理想,他的急调是他的嘲讽与咒诅;我知道他怎样地鄙蔑一切,鄙蔑光明,鄙蔑烦嚣的燕雀,也鄙弃自喜的画眉;

又像是我在普陀山发现的一个奇景;外面看是一大块岩石,但里面却早被海水蚀空,只剩罗汉头似的一个脑壳,每次

---

① soprano,最高音的。

海涛向这岛身搂抱时，发出极奥妙的音响，像是情话，像是咒诅，像是祈祷，在雕空的石笋，钟乳间呜咽，像大和琴的谐音在皋雪格的古寺的花椽、石楹间回荡——但除非你有耐心与勇气，攀下几重的石岩，俯身下去凝神地察看与倾听，你也许永远不会想象，不必说发现这样的秘密；

又像是……但是我知道，朋友，你已经听够了我的比喻，也许你愿意听我自然的嗓音与不做作的语调，不愿意收受用幻想的亮箔包裹着的话，虽则，我不能不补一句，你自己就是喜欢从一个弯曲的白银喇叭里，吹弄你的古怪的调子。

你说："风大土大生活干燥"；这话仿佛是一阵奇怪的凉风，使我感觉到一个恐惧的战栗；像一团飘零的秋叶，使我的灵魂里掉下一滴悲悯的清泪；

我的记忆里，我似乎自信，并不是没有葡萄酒的颜色与香味，并不是没有妩媚的微笑的痕迹，我想我总可以抵抗你那灰色的语调的影响——

是的，昨天下午我在田里散步的时候，我不是分明看见两块凶恶的黑云消灭在太阳猛烈的光焰里，五只小山羊，兔子一样的白净，听着它们妈的吩咐在路旁寻草吃，三个割草的小孩在一个稻屯前抛掷镰刀；自然的活泼给我不少的鼓舞，我对着白云里矗着的宝塔喊说我知道生命是有意趣的；

今天太阳不曾出来，一捆捆的云在空中紧紧地挨着，你的那句话碰巧又添上了几重云蒙，我又疑惑昨天的宣言了。

我又觉得奇怪，朋友，何以你那句话在我的心里，竟像白垩

涂在玻璃上,这半透明的沉闷是一种很巧妙的刑罚,我差不多要喊痛了;

我向我的窗外望,暗沉沉的一片,也没有月亮,也没有星光,日光更不必想,他早已离别了,那边黑蔚蔚的林子,树上,我知道,是夜鹗的寓处,树下累累的在初夜的微茫中排列着,我也知道,是坟墓,僵的白骨埋在硬的泥里,磷火也不见一星,这样的静,这样的惨,黑夜的胜利是完全的了;

我闭着眼向我的灵府里问讯,呀,我竟寻不到一个与干燥脱离的生活的意向;干燥像一个影子,永远跟着生活的脚后,又像是葱头的葱管,永远附着在生活的头顶,这是一件奇事;

朋友,我抱歉,我不能答复你的话,虽然我很想,我不是爽垲的西风,吹不散天上的云罗,我手里只有一把粗拙的泥锹,如其有美丽的理想或是希望要埋葬,我的工作倒是现成的——我也有过我的经验;

朋友,我并且恐怕,说到最后,我只得收受你的影响,因为你那句话已经凶狠地咬入我的心里,像一个有毒的蝎子,已经沉沉地压在我的心上,像一块盘陀石,我只能忍耐,我只能忍耐……

泰戈尔

我有几句话想趁这个机会对诸君讲,不知道你们有没有耐心听。泰戈尔先生快走了,在几天内他就离别北京,在一两个星期内他就告辞中国。他这一去大约是不会再来的了。也许他永远不能再到中国。

他是六七十岁的老人,他非但身体不强健,他并且是有病的。去年秋天他还发了一次很重的骨痛热病。所以他要到中国来,不但他的家属,他的亲戚朋友,他的医生,都不愿意他冒险,就是他欧洲的朋友,比如法国的罗曼·罗兰,也都有信去劝阻他。他自己也曾经踌躇了好久,他心里常常盘算:我如其到中国来,究竟能不能够给他们好处,中国人自有他们的诗人,思想家,教育家,他们有他们的智慧,天才,心智的财富与营养,他们更用不着外来的补助与戟刺,我只是一个诗人,我没有宗教家的福音,没有哲学家的理论,更没有科学家实利的效用,或是工程师建设的才能,他们要我去做什么,我自己又为什么要去,我有什么礼物带去满足他们的盼望!他真的很觉得迟疑,所以他延迟了他的行期。但是他也对我们说到冬天完了，春风吹动的时候（印度的春风比我们的吹得早），他不由得感觉了一种内迫的冲动，他面对着逐渐滋长的青草与鲜花，不由得抛弃了，忘却了他应尽的职务，不由得解放了他的歌唱的本能，和着新来的鸣雀，在柔软的南风中开怀地讴吟，同时他收到我们催请的信，我们青年盼望他的诚意与热心，唤起了老人的勇气。他立即定夺了他东来的决心。他说趁我暮年的肢体不曾僵透，趁我衰老的心灵还能感受，决不可错过这最后唯一的机会，这博大，从容，礼让的民族，我幼年时便发心朝拜，与其将来在黄昏寂静的境界中萎衰地惆怅，何如利用这夕阳未暝时的光芒，了却我晋香人的心愿？

他所以决意地东来，他不顾亲友的劝阻，医生的警告，不顾他自己的高年与病体，他也撇开了在本国迫切的任务，跋涉了万里的海程，他来到了中国。

自从四月十二在上海登岸以来，可怜老人不曾有过一半天完整的休息，旅行的劳顿不必说，单就公开的演讲以及较小集会时的谈话，至少也有了三四十次！他的，我们知道，不是教授们的讲义，不是教士们的讲道，他的心府不是堆积货品的栈房，他的辞令不是教科书的喇叭。他是灵活的泉水，一颗颗颤动的圆珠从池心里兢兢地泛登水面，都是生命的精华；他是瀑布的吼声，在白云间，青林中，石罅里，不住地啸响；他是百灵的歌声，他的欢欣、愤慨，响亮的谐音，弥漫在无际的晴空。但是他是倦了，终夜的狂歌已经耗尽了子规的精力，东方的曙色亦照出他点点的心血染红了蔷薇枝上的白露。

老人是疲乏了。这几天他睡眠也不得安宁。他已经透支了他有限的精力。他差不多是靠散拿吐瑾过日的,他不由得不感觉风尘的厌倦,他时常想念他少年时在恒河边沿拍浮的清福,他想望椰树的清荫与曼果的甜瓤。

但他还不仅是身体的惫劳,他也感觉心境的不舒畅。这是很不幸的。我们做主人的只是深深地负歉。他这次来华,不为游历,不为政治,更不为私人的利益,他熬着高年,冒着病体,抛弃自身的事业,备尝行旅的辛苦,他究竟为的是什么?他为的只是一点看不见的情感。说远一点,他的使命是在修补中国与印度两民族间中断千余年的桥梁,说近一点,他只想感召我们青年真挚的同情。因为他是信仰生命的,他是尊崇青年的,他是歌颂青春与清晨的,他永远指点着前途的光明。悲悯是当初释迦牟尼证果的动机,悲悯也是泰戈尔先生不辞艰苦的动机。现代的文明只是骇人的浪费,贪淫与残暴,自私与自大,相猜与相忌,飓风似的倾覆了人道的平衡,产生了巨大的毁灭。荒秽的心田里只是误解的蔓草,毒害同情的种子,更没有收成的希冀。在这个荒惨的境地里,难得有少数的丈夫,不怕阻难,不自馁怯,肩上扛着铲除误解的大锄,口袋里满装着新鲜人道的种子,不问天时是阴是雨是晴,不问是早晨是黄昏是黑夜,他只是努力地工作,清理一方泥土,施殖一方生命,同时口唱着嘹亮的新歌,鼓舞在黑暗中将次透露的萌芽,泰戈尔先生就是这少数中的一个。他是来广布同情的,他是来消除成见的。我们亲眼见过他慈祥的阳春似的表情,亲耳听过他从心灵底里迸裂出的大声,我想只要我们的良心不曾受恶毒的烟煤熏黑,或是被恶浊的偏见污抹,谁不曾感觉他赤诚的力量,魔术似的,为我们生命的前途开辟了一个神奇的境界,燃点了理想的光明?所以我们也懂得他的深刻的懊怅与失望,如其他知道部分的青年不但不能容纳他的灵感,并且成心地诬毁他的热忱。我们固然奖励思想的独立,但我们决不敢附和误解的自由。他生平最满意的成绩就在他永远能得青年的同情,不论在德国,在丹麦,在美国,在日本,青年永远是他最忠心的朋友。他也曾经遭受种种的误解与攻击,政府的猜疑与报纸的诬毁与守旧派的讥评,不论如何的谬妄与剧烈,从不曾扰动他优容的大量,他的希望,他的信仰,他的爱心,他的至诚,完全地托付青年。我的须,我的发是白的,但我的心却永远是青的,他常常地对我们说,只要青年是我的知己,我理想的将来就有着落,我乐观的明灯永远不致暗淡。他不能相信纯洁的青年也会坠落在怀疑,猜忌,卑琐的泥溷。他更不能信中国遭受意外的待遇。他很不自在,他很感觉异样的怆心。

　　因此精神的懊丧更加重他躯体的倦劳。他差不多是病了。我们当然很焦急地期望他的健康,但他再没有心境继续他的讲演。我们恐怕今天就是他在北京公开讲演最后的一个机会。他有休养的必要。我们也决不忍再使他耗费他有限的精力。他不久又有长途的跋涉,他不能不有三四天完全的养息,所以从今天起,所有已经约定的会集,公开与私人的,一概撤消,他今天就出城去静养。

我们关切他的一定可以原谅，就是一小部分不愿意他来作客的诸君也可以自喜战略的成功。他是病了，他在北京不再开口了，他快走了，他从此不再来了。但是同学们，我们也得平心地想想，老人到底有什么罪，他有什么负心，他有什么不可容赦的犯案？公道是死了吗，为什么听不见你的声音？

他们说他是守旧，说他是顽固。我们能相信吗？他们说他是"太迟"，说他是"不合时宜"，我们能相信吗？他自己是不能信，真的不能信。他说这一定是滑稽家的反调。他一生所遭逢的批评只是太新，太早，太急进，太激烈，太革命的，太理想的，他六十年的生涯只是不断地奋斗与冲锋，他现在还只是冲锋与奋斗。但是他们说他是守旧，太迟，太老。他顽固奋斗的对象只是暴烈主义，资本主义，帝国主义，武力主义，杀灭性灵的物质主义；他主张的只是创造的生活，心灵的自由，国际的和平，教育的改造，普爱的实现。但他们说他是帝国政策的间谍，资本主义的助力，亡国奴族的流民。提倡裹脚的狂人！肮脏是在我们的政策与暴徒的心里，与我们的诗人又有什么关连？昏乱是在我们冒名的学者与文人的脑里，与我们的诗人又有什么亲属？我们何妨说太阳是黑的，我们何妨说苍蝇是真理？同学们，听信我的话，像他的这样伟大的声音我们也许一辈子再不会听着的了。留神目前的机会，预防将来的惆怅！他的人格我们只能到历史上去搜寻比拟。他的博大的温柔的灵魂我敢说永远是人类记忆里的一次灵迹。他的无边际的想象与辽阔的同情使我们想起惠德曼；他的博爱的福音与宣传的热心使我们记起托尔斯泰;他的坚忍的意志与艺术的天才使我们想起造摩西像的密仡郎其罗;他的诙谐与智慧使我们想象当年的苏格拉底与老聃;他的人格的和谐与优美使我们想念暮年的葛德①;他的慈祥的纯爱的抚摩,他的为人道不厌的努力,他的磅礴的大声,有时竟使我们唤起救主的心像;他的光彩,他的音乐,他的雄伟,使我们想念奥林必克②山顶的大神。他是不可侵凌的,不可逾越的,他是自然界的一个神秘的现象。他是三春和暖的南风,惊醒树枝上的新芽,增添处女颊上的红晕。他是普照的阳光。他是一派浩瀚的大水,来自不可追寻的渊源,在大地的怀抱中终古地流着,不息地流着,我们只是两岸的居民,凭借这慈恩的天赋,灌溉我们的田稻,苏解我们的消渴,洗净我们的污垢。他是喜马拉雅积雪的山峰,一般的崇高,一般的纯洁,一般的壮丽,一般的高傲,只有无限的青天枕藉他银白的头颅。

人格是一个不可错误的实在,荒歉是一件大事,但我们是饿惯了的,只认鸠形与鹄面是人生本来的面目,永远忘却了真健康的颜色与彩泽。标准的低降是一种可耻的堕落;我们只是踞坐在井底的青蛙。但我们更没有怀疑的余地。我们也许揣详东方的初白,却不能非议中天的太阳。我们也许见惯了阴霾的天时,不耐这热烈的光焰,消散天空的云雾,暴露地面的荒

---

① 葛德:通译哥德,德国诗人。
② 奥林必克:通译奥林匹斯,希腊东北部一座高山。

芜,但同时在我们心灵的深处,我们岂不也感觉一个新鲜的影响,催促我们生命的跳动,唤醒潜在的想望,仿佛是武士望见了前峰烽烟的信号,更不踌躇地奋勇前向?只有接近了这样超轶的纯粹的丈夫,这样不可错误的实在,我们方始相形地自愧我们的口不够阔大,我们的嗓音不够响亮,我们的呼吸不够深长,我们的信仰不够坚定,我们的理想不够莹澈,我们的自由不够磅礴,我们的语言不够明白,我们的情感不够热烈,我们的努力不够勇猛,我们的资本不够充实……

我自信我不是恣滥不切事理的崇拜,我如其曾经应用浓烈的文字,这是因为我不能自制我浓烈的感想。但我最急切要声明的是,我们的诗人,虽则常常招受神秘的徽号,在事实上却是最清明,最有趣,最诙谐,最不神秘的生灵。他是最通达人情,最近人情的。我盼望有机会追写他日常的生活与谈话。如其我是犯嫌疑的,如其我也是性近神秘的(有好多朋友这么说),你们还有适之先生的见证,他也说他是最可爱最可亲的个人;我们可以相信适之先生绝对没有"性近神秘"的嫌疑!所以无论他怎样的伟大与深厚,我们的诗人还只是有骨有血的人,不是野人,也不是天神。唯其是人,尤其是最富情感的人,所以他到处要求人道的温暖与安慰,他尤其要我们中国青年的同情与情爱。他已经为我们尽了责任,我们不应,更不忍辜负他的期望。同学们,爱你的爱,崇拜你的崇拜,是人情不是罪孽,是勇敢不是懦怯。

南行杂记

一　丑西湖

"欲把西湖比西子，浓妆淡抹总相宜"。我们太把西湖看理想化了。夏天要算是西湖浓妆的时候，堤上的杨柳绿成一片浓青，里湖一带的荷叶荷花也正当满艳，朝上的烟雾，向晚的晴霞，那样不是现成的诗料，但这西姑娘你爱不爱？我是不成，这回一见面我回头就逃！什么西湖这简直是一锅腥臊的热汤！西湖的水本来就浅，又不流通，近来满湖又全养了大鱼，有四五十斤的，把湖里袅袅婷婷的水草全给咬烂了，水浑不用说，还有那鱼腥味儿顶叫人难受。说起西湖养鱼，我听得有种种的说法，也不知哪样是内情：有说养鱼干脆是官家谋利，放着偌大一个鱼沼，养肥了鱼打了去卖不是顶现成的；有说养鱼是为预防水草长得太放肆了怕塞满了湖心；也有说这些大鱼都是大慈善家们为要延寿或是求子或是求财源茂健特为从别地方买了来放生在湖里的，而且现在打鱼当官是不准。不论怎么样，西湖确是变了鱼湖了。六月以来杭州据说一滴水都没有过,西湖当然水浅得像个干血痨的美女,再加那腥味儿!今年南方的热,说来我们住惯北方的也不易信,白天热不说,通宵到天亮也不见放松,天天大太阳,夜夜满天星,节节高地一天暖似一天。杭州更比上海不堪,西湖那一洼浅水用不到几个钟头的晒就离滚沸不远什么,四面又是山,这热是来得去不得,一天不发大风打阵,这锅热汤,就永远不会凉。我那天到了晚上才雇了条船游湖,心想比岸上总可以凉快些。好,风不来还熬得,风一来可真难受极了,又热又带腥味儿,真叫人发眩作呕,我同船一个朋友当时就病了,我记得红海里两边的沙漠风都似乎较为可耐些!夜间十二点我们回家的时候都还是热乎乎的。还有湖里的蚊虫!简直是一群群的大水鸭子!你一生定就活该。

这西湖是太难了,气味先就不堪。再说沿湖的去处,本来顶清澹宜人的一个地方是平湖秋月,那一方平台,几棵杨柳,几折回廊,在秋月清澈的凉夜去坐着看湖确是别有风味,更好在去的人绝少,你夜间去总可以独占,唤起看守的人来泡一碗清茶,冲一杯藕粉,和几个朋友闲谈着消磨他半夜,真是清福。我三年前一次去,有琴友有笛师,躺平在杨树底下看揉碎的月光,听水面上翻响的幽乐,那逸趣真不易。西湖的俗化真是一日千里,我每回去总添一度伤心:雷峰也羞跑了,断桥折成了汽车桥,哈得在湖心里造房子,某家大少爷的汽油船在三尺的柔波里兴风作浪,工厂的烟替代了出岫的霞,大世界以及什么舞台的锣鼓充当了湖上的啼莺,西湖,西湖,还有什么可留恋的！这回连平湖秋月也给糟蹋了，你信不信？

"船家，我们到平湖秋月去，那边总还清静。"

"平湖秋月？先生，清静是不清静的，格歇开了酒馆，酒馆着实闹忙哩，你看，望得见的，穿白衣服的人多煞勒瞎，扇子扇得活血血的，还有唱歌的，十七八岁的姑娘，听听看——是无锡山歌哩，胡琴都蛮清爽的……"

那我们到楼外楼去吧。谁知楼外楼又是一个伤心！原来楼外楼那一楼一底的旧房子斜斜地对着湖心亭，几张揩抹得发白光的旧桌子，一两个上年纪的老堂倌，活络络的鱼虾，滑齐齐的莼菜，一壶远年，一碟盐水花生，我每回到西湖往往偷闲独自跑去领略这点子古色古香，靠在阑干上从堤边杨柳荫里望滟滟的湖光，晴有晴色，雨雪有雨雪的景致，要不然月上柳梢时意味更长，好在是不闹，晚上去也是独占的时候多，一边喝着热酒，一边与老堂倌随便讲讲湖上风光，鱼虾行市，也自有一种说不出的愉快。但这回连楼外楼都变了面目！地址不曾移动，但翻造了三层楼带屋顶的洋式门面，新漆亮光光的刺眼，在湖中就望见楼上电扇的疾转，客人闹盈盈地挤着，堂倌也换了，穿上西葸的长袍，原来那老朋友也看不见了，什么闲情逸趣都没有了！我们没办法移一个桌子在楼下马路边吃了一点东西，果然连小菜都变了，真是可伤。泰戈尔来看了中国，发了很大的感慨。他说，"世界上再没有第二个民族像你们这样蓄意地制造丑恶的精神"。怪不过老头牢骚，他来时对中国是怎样的期望（也许是诗人的期望），他看到的又是怎样一个现实！狄更生先生有一篇绝妙的文章，是他游泰山以后的感想，他对照西方人的俗与我们的雅，他们的唯利主义与我们的闲暇精神。他说只有中国人才真懂得爱护自然，他们在山水间的点缀是没有一点辜负自然的；实际上他们处处想法子增添自然的美，他们不容许煞风景的事业。他们在山上造路是依着山势回环曲折，铺上本山的石子，就这山道就饶有趣味，他们宁可牺牲一点便利。不愿斫丧自然的和谐。所以他们造的是妩媚的石径；欧美人来时不开马路就来穿山的电梯。他们在原来的石块上刻上美秀的诗文，漆成古色的青绿，在苔藓间掩映生趣；反之在欧美的山石上只见雪茄烟与各种生意的广告。他们在山林丛密处透出一角寺院的红墙，西方人起的是几层楼嘈杂的旅馆。听人说中国人得效法欧西，我不知道应得自觉虚心做学徒的究竟是谁？

这是十五年前狄更生先生来中国时感想的一节。我不知道他现在要是回来看看西湖的成绩，他又有什么妙文来颂扬我们的美德！

说来西湖真是个爱伦内。论山水的秀丽，西湖在世界上真有位置。那山光，那水色，别有一种醉人处，叫人不能不生爱。但不幸杭州的人种（我也算是杭州人），也不知怎的，特别的来得俗气来得陋相。不读书人无味，读书人更可厌，单听那一口杭白，甲隔甲隔的，就够人心烦！看来杭州人话会说（杭州人真会说话！），事也会做，近年来就"事业"方面看，杭州的建设的确不少，例如西湖堤上的六条桥就全给拉平了替汽车公司帮忙；但不幸经营山水的风景是另一种事业，决不是开铺子，做官一类的事业。平常布置一个小小的园林，我们尚且说总得主人胸中有些丘壑，如今整个的西湖放在一班大老的手里，他们的脑子里平常想些什么我不敢猜度，但就成绩看，他们的确是只图每年"我们杭州"商界收入的总数增加多少的一种头脑！开铺子的老板们也许沾了光，但是可怜的西湖呢？分明天生俊俏的一个少女，生生的叫一群粗汉去替她涂脂抹粉，就说没有别的难堪情形，也就够煞风景又煞风景！天啊，这苦恼的西子！

但是回过来说，这年头哪还顾得了美不美！江南总算是天堂，到今天为止。别的地方人命只当得虫子，有路不敢走，有话不敢说，还来搭什么臭绅士的架子，挑什么够美不够美的鸟眼？

二　劳资问题

我不曾出国的时候只听人说振兴实业是救国的唯一路子，振兴实业的意思是多开工厂；开工厂一来可以解决贫民生计问题，二来可以塞住"漏卮"。那时我见着高矗的烟囱，心里就发生油然的敬意，如同翻开一本善书似的。

罗斯金与马克思最初修正我对于烟囱的见解（那时已在美国），等到我离开纽约那一年，我看了自由神的雕像都感着厌恶，因为它使我联想起烟囱。

我不喜欢烟囱另有一个理由。我那历史教师讲英国十九世纪初年的工业状况,以及工厂待遇工人的黑暗情形,内中有一条是叫年轻的小孩子钻进烟囱里去清理齷齪,不时有被熏焦了的。我不能不恨烟囱了。

我同情社会主义的起点是看了一部小说,内中讲芝加哥一个制肉糜厂,用极小的孩子看看机器的工作的;有一个小孩不小心把自己的小手臂也叫碾了进去,和着猪肉一起做了肉糜。那一厂的出货是行销东方各大城的,所以那一星期至少有几万人分尝到了那小孩的臂膀。肉厂是资本家开的,因此我不能不恨资本家。

我最初看到的社会主义是马克思前期的,劳勃脱欧温一派,人道主义,慈善主义,以及乌托帮主义混成一起的。正合我的脾胃。我最容易感情冲动,这题目够我的发泄了:我立定主意研究社会主义。

我在纽约那一年有一部分中国人叫我做鲍尔雪微克①,因为——为什么?——因为我房间里书架上碰巧有几本讲苏俄一类的书。到了英国我对劳工的同情益发分明了。在报纸上看到劳工就比是看《三国志》看到诸葛亮赵云,《水浒》看到李逵鲁智深,总是"帮"的。那时有机会接近的也是工党一边的人物。贵族,资本家这类字样一提着就毂挖苦!劳工,多响亮,多神圣的名词!直到我回国,我自问是个激烈派,一个社会主义者,即使不是个鲍尔雪微克,萧伯纳的话牢牢地记着,他

---

① 鲍尔雪微克:通译布尔什维克。

说：一个在三十岁以下的人看了现代社会的状况而不是个革命家，他不是个痴子，定是个傻瓜。我年纪轻轻，不愿痴，也不愿意傻，所以当然是个革命家。

到了中国以后，也不知怎的，原来热烈的态度忽然变了温和；原来一任感情的浮动，现在似乎要暂时遏住了感情，让脑筋凉些了仔细地想一想。但不幸这部分工夫始终不会有机会做，虽则我知道我对这问题迟早得踌躇出一个究竟来：不经心的偶然的掼打不易把米粒从糠皮中分出。人是无远虑的多。我们在国外时劳资斗争是一个见天感受得到的实在：一个内阁的成功与失败全看它对失业问题有否相当的办法，罢工的危险性可以使你的房东太太整天在发愁与赌咒中过日子。这就不容你不取定一个态度，袒护资本还是同情劳工？中国究竟还差得远：资本和劳工同样说不到大规模的组织，日常生活与所谓近代工业主义间看不出什么迫切的关系，同时疯狂性的内战完全占住了我们的注意，因此虽则近来罢工一类的事实常有得听见，这劳资问题的实在在一般人的心目中总还是远着一步的。尤其是在北京一类地方，除了洋车夫与粪夫，见不到什么劳工社会，资本更说不上，所以仅凭"打倒资本主义"一类的呼声怎样激昂，我们的血温还是不会增高的。就我自己说，这三四年来简直因为常住北京的缘故，我竟于几乎完全忘却了这原来极想用力研究的问题。这北京生活是该咒诅的：它在无形中散布一种惰性的迷醉剂，使你早晚得受传染；使你不自觉地退入了"反革命"的死胡同里去。新近有一个朋友来京，他一边羡慕我们的闲暇,一边却十分惊讶他几个旧友的改变;从青年改成暮年,从思想的勇猛改成生活的萎靡——他发现了一群已成和将成的"圈子"!

这所谓"智识阶级"的确有觉悟的迫要。他们离国民的生活太远了,离社会问题的真际太远了,离激荡思想的势力太远了。本来单凭书本子的学问已够不完全,何况现在的智识阶级连翻书本子的工夫都捐给了女太太小孩子们的起居痛痒!

又一个朋友新近到了苏俄也发生了极肫挚的反省:他在那边不发现什么恐怖与危机,他发现的是一团伟大勇猛的精神在那里伟大地勇猛地为全社会做事;他发现的是不容否认的理想主义与各项在实施中的理想;他发现的是一个有生命有力量的民族,他们所试验的事业即使不免有可议的地方,也决不是完全在醉生梦死中的中国人有丝毫的权利来批评的。听着:决不是完全在醉生梦死中的中国人有丝毫的权利来批评的!

在篇首说到烟囱原为要讲此次在南方一点子关于工厂的阅历,不想笔头又掉远了。说也奇怪,我可以说从不曾看过一间工厂。在国外"参观"过的当然有,但每回进工厂看的是建筑与机器等类的设备,往往因为领导人讲解得太详尽了,结果你什么也没有听到,没有看到。我从不曾进工厂去看过工人们做工的情形。这次却有了机会,而且在我的本乡;不但是本乡,而且是我自家父亲一手经营起的。我回硖石那天,我父亲就领了我去参观。那是一个丝厂,今年夏间才办成,屋子什么全是新的。工人有一百多，全是工头从绍兴包雇来的女人，有好多是带了孩子来的。机器间我先后去了三回，都是工作时间，我先说说大概情形，再及我的感想。房子造得极宽敞，空气尽够流通，约略一百多架"丝车"分成两行，相对地排着，女工们坐在丝车与热汤盆的中间，在机轧声中几百双手不住地抽着汤盆里泡着的丝茧，在每个汤盆的跟前站着一个自八九岁到十二三岁的女孩子拿着勺子向汤水里捞出已经抽尽丝的茧壳。就女工们的姿态及手技看，她们都是熟练的老手，神情也都闲暇自若，在我们走过的时候，有很多抬起头带笑容的看着我们，这可见她们在工作时并不感受过分的难堪。那天是六月中旬，天气已经节节高向上加热，大约在荫凉处已够几十度光景，我们初进机器间因为两旁通风并不觉热，但走近中段就不同，走转身的时候我浑身汗透，我说不定温度有多高，但因为外来的太阳光（第一次去看芦苇不曾做得，随后就有了。）与丝车的沸汤的夹攻，中间呆坐着做工人的滋味，你可以揣想。工人的汗流被面的固然多，但坦然的也仅有。据说这工作她们上八府人是一半身体坚实一半做惯了吃得起，要是本地人去，半天都办不了的。这话我信因为我自谅我要是坐下去的话怕不消三四个钟头竟会昏了去的。那些捞蚕的女孩子们，十个里有九个是头面上长有热疮热疖的，这就可见一斑。

这班工人，前面说过，是工头包雇来的，厂里有宿舍给她们住，饭食也是厂里包的，除了放假日外，女工们是一例不准出门的。夏天是五点半放头螺，六点上工，十二时停工半小时吃饭,十二时半再开工到下午六时放工,共计做十一时有半的工。放假是一个月两天,初一与月半。

工资是按钟点算的,仿佛每工人可得五角或是四角八大洋的工资,每月抛去饭资每人可得净工资十元光景,厂里替她们办储蓄,有利息,这一层待遇情形据说比较并不坏,一个女工到外府来做工每年年底可以捧一百多现洋钱回家,确是很可自傲的了。

我说过这是我第一次看厂工做工。看过了心里觉着一种难受。那么大热的天在那么热的屋子里连着做将近十二小时的工!外面的账房计算给我们听,从买进生蚕到卖出熟丝的层层周折,抛去开销,每丝可以赚多少钱。呒,马克思的剩余价值论!这不是剥削工人们的劳力?我们是听惯八小时工作八小时睡眠八小时自由论的,这十一二小时的工作如何听得顺耳?"那末这大热天何妨让工人们少做一点时间呢?"我代工人们求恳似的问。"工人们哪里肯?她们只要多做,不要少做:多做多赚钱,少做少赚钱。"我没得话说了。"那末为什么不按星期放工呢?""她们连那两天都不愿意闲空哪!"我又没得话说了。一群猪羊似的工人们关在牢狱似的厂房里拼了血汗替自己家里赚小钱,替出资本办厂的财主们赚大钱?这情形其实有点看不顺眼——难受。"这大热天工人们不发病吗?"我又替她们担忧似的问。"她们才叫牢靠哪,很少病的;厂里也备了各种痧药,以后还请镇上一个西医每天来一半个钟头:厂里也够卫生的。""那末有这么许多孩子,何妨附近设一个学校，让她们有空认几个字也好不是？""这——我们不赞成；工人们认了字有了知识，就会什么罢工造反，哪有什么好处！"我又没得话说了。

我真不知道怎样想才是。在一边看，这种的工作情形实在是太不人道，太近剥削；但换一边看，这多的工人，原来也许在乡间挨饿的，这来有生计，多少可以赚一点钱回去养家，又不能完全说是没有好处；并且厂内另选蚕一类轻易的工作，的确也替本乡无业的妇女们开一条糊口过活的路。你要是去问工人们自己满意不满意，我敢说她们是不会（因为知识不到）出怨言的。那你这是白着急？可是我总得心上难受，异常地难受，仿佛自身做了什么亏心事似的。自从看了厂以后，我至今还不忘记那机器间的情形，尤其在南方天气最热的那几天，我到哪儿哪儿都惦着那一群每天得做十一二小时工作的可怜的生灵们！也许是我的感情作用；我在国外时也何尝不曾剧烈地同情劳工，但我从不曾经验过这样深刻的感念，我这才亲眼看到劳工的劳，这才看到一般人受生计逼迫无可奈何的实在，这才看到资本主义（在现在中国）是怎样一个必要的作孽，这才重新觉悟到我们社会生活问题有立即通盘筹划趁早设施的迫切，就治本说，发展实业是否只能听其自然地委给有资产阶级，抑或国家和地方有集中经营的余地，就治标说，保护劳工法的种种条例有切实施行的必要，否则劳资问题的冲突逃不了一天乱似一天的。总之乌托邦既然是不可能，彻底的生计革命又一时不可期待，单就社会的安宁以及维持人道起见，我们自命有头脑的少数人，赶快得起来尽一分的责任；自觉的努力，不论走哪一个方向，总是生命力还在活动的表现，否则这醉生梦死的难道真的死透了绝望了吗？

巴黎的鳞爪

　　咳巴黎！到过巴黎的一定不会再希罕天堂；尝过巴黎的，老实说，连地狱都不想去了。整个的巴黎就像是一床野鸭绒的垫褥，衬得你通体舒泰，硬骨头都给熏酥了的——有时许太热一些。那也不碍事，只要你受得住。赞美是多余的，正如赞美天堂是多余的；咒诅也是多余的，正如咒诅地狱是多余的。巴黎，软绵绵的巴黎，只在你临别的时候轻轻地嘱咐一声"别忘了，再来！"其实连这都是多余的。谁不想再去？谁忘得了？

　　香草在你的脚下，春风在你的脸上，微笑在你的周遭。不拘束你，不责备你，不督饬你，不窘你，不恼你，不揉你。它搂着你，可不缚住你：是一条温存的臂膀，不是根绳子。它不是不让你跑，但它那招逗的指尖却永远在你的记忆里晃着。多轻盈的步履，罗袜的丝光随时可以沾上你记忆的颜色！

　　但巴黎却不是单调的喜剧。赛因河的柔波里掩映着罗浮宫的倩影，它也收藏着不少失意人最后的呼吸。流着，温驯的水波；流着，缠绵的恩怨。咖啡馆：和着交颈的软语，开怀的笑响，有踞坐在屋隅里蓬头少年计较自毁的哀思。跳舞场：和着翻飞的乐调，迷醇的酒香，有独自支颐的少妇思量着往迹的怆心。浮动在上一层的许是光明，是欢畅，是快乐，是甜蜜，是和谐；但沉淀在底里阳光照不到的才是人事经验的本质：说重一点是悲哀，说轻一点是惆怅；谁不愿意永远在轻快的流波里漾着，可得留神了你往深处去时的发见！

　　一天，一个从巴黎来的朋友找我闲谈，谈起了劲，茶也没喝，烟也没吸，一直从黄昏谈到天亮，才各自上床去躺了一歇，我一合眼就回到了巴黎，方才朋友讲的情境惝恍地把我自己也缠了进去；这巴黎的梦真醇人，醇你的心，醇你的意志，醇你的四肢百体，那味儿除是亲尝过的谁能想象！——我醒过来时还是迷糊的忘了我在那儿，刚巧一个小朋友进房来站在我的床前笑吟吟喊我："你做什么梦来了，朋友，为什么两眼潮潮的像哭似的？"我伸手一摸，果然眼里有水，不觉也失笑了——可是朝来的梦，一个诗人说的，同是这悲凉滋味，正不知这泪是为哪一个梦流的呢？

　　下面写下的不成文章，不是小说，不是写实，也不是写梦，——在我写的人只当是随口曲，南边人说的"出门不认货"，随你们宽容的读者们怎样看罢。

　　出门人也不能太小心了。走道总得带些探险的意味。生活的趣味大半就在不预期的发见，要是所有的明天全是今天刻板的化身，那我们活什么来了？正如小孩子上山就得采花，到海边就得捡贝壳，书呆子进图书馆想捞新智慧——出门人到了巴黎就想……

你的批评也不能过分严正不是？少年老成——什么话！老成是老年人的特权，也是他们的本分；说来也不是他们甘愿，他们是到了年纪不得不。少年人如何能老成？老成了才是怪哪！

放宽一点说，人生只是个机缘巧合；别瞧日常生活河水似的流得平顺，它那里面多的是潜流，多的是漩涡——轮着的时候谁躲得了给卷了进去？那就是你发愁的时候，是你登仙的时候，是你辨着酸的时候，是你尝着甜的时候。

巴黎也不定比别的地方怎样不同：不同就在那边生活流波里的潜流更猛，漩涡更急，因此你叫给卷进去的机会也就更多。

我赶快得声明我是没有叫巴黎的漩涡给淹了去——虽则也就够险。多半的时候我只是站在赛因河岸边看热闹，下水去的时候也不能说没有，但至多也不过在靠岸清浅处溜着，从没敢往深处跑——这来漩涡的纹螺，势道，力量，可比远在岸上时认清楚多了。

一　九小时的萍水缘

我忘不了她，她是在人生的急流里转着的一张萍叶，我见着了它，掬在手里把玩了一晌，依旧交还给它的命运，任它飘流去——它以前的漂泊我不曾见来，它以后的漂泊，我也见不着，但就这曾经相识匆匆的恩缘——实际上我与她相处不过九小时——已在我的心泥上印下踪迹,我如何能忘,在忆起时如何能不感须臾的惆怅。

那天我坐在那热闹的饭店里瞥眼看着她,她独坐在灯光最暗漆的屋角里,这屋内哪一个男子不带媚态,哪一个女子的胭脂口上不沾笑容,就只她:穿一身淡素衣裳,戴一顶宽边的黑帽,在 密的睫毛上隐隐闪亮着深思的目光——我几乎疑心她是修道院的女僧偶尔到红尘里随喜来了。我不能不接着注意她,她的别样的支颐的倦态,她的曼长的手指,她的落漠的神情,有意无意间的叹息,在在都激发我的好奇——虽则我那时左边已经坐下了一个瘦的,右边来了个肥的,四条光滑的手臂不住地在我面前晃着酒杯。但更使我奇异的是她不等跳舞开始就匆匆地出去了,好像害怕或是厌恶似的。第一晚这样,第二晚又是这样;独自默默地坐着,到时候又匆匆地离去。到了第三晚她再来的时候我再也忍不住不想法接近她。第一次得着的回音,虽则是"多谢好意,我再不愿交友"的一个拒绝,只是加深了我的同情的好奇。我再不能放过她。巴黎的好处就在处处近人情;爱慕的自由是永远容许的。你见谁爱慕谁想接近谁,决不是犯罪,除非你在经程中泄漏了你的尘气暴气,陋相或是贫相,那不是文明的巴黎人所能容忍的。只要你"识相",上海人说的,什么可能的机会你都可以利用。对方人理你不理你,当然又是一回事;但只要你的步骤对,文明的巴黎人决不让你难堪。

我不能放过她。第二次我大胆写了个字条付中间人——店主人——交去。我心里直怔怔的怕讨没趣。可是回话来了——她就走了,你跟着去吧。

她果然在饭店门口等着我。

你为什么一定要找我说话,先生,像我这再不愿意有朋友的人?

她张着大眼看我,口唇微微地颤着。

我的冒昧是不望恕的,但是我看了你忧郁的神情我足足难受了三天,也不知怎的我就想接近你,和你谈一次话,如其你许我,那就是我的想望,再没有别的意思。

真的她那眼内绽出了泪来,我话还没说完。

想不到我的心事又叫一个异邦人看透了……她声音都哑了。

我们在路灯的灯光下默默地互注了一晌,并着肩沿马路走去,走不到多远她说不能走,我就问了她的允许雇车坐上,直望波龙尼大林园清凉的暑夜里兜去。

原来如此,难怪你听了跳舞的音乐像是厌恶似的,但既然不愿意何以每晚还去?

那是我的感情作用:我有些舍不得不去,我在巴黎一天,那是我最初遇见——他的地方,但那时候的我……可是你真的同情我的际遇吗,先生?我快有两个月不开口了,不瞒你说,今晚见了你我再也不能制止,我爽性说给你我的生平的始末吧,只要你不嫌。我们还是回那饭庄去罢。

你不是厌烦跳舞的音乐吗?

她初次笑了。多齐整洁白的牙齿,在道上的幽光里亮着!

有了你我的生气就回复了不少,我还怕什么音乐?

　　我们俩重进饭庄去选一个基角坐下,喝完了两瓶香槟,从十一时舞影最凌乱时谈起,直到早三时客人散尽侍役打扫屋子时才起身走,我在她的可怜身世的演述中遗忘了一切,当前的歌舞再不能分我丝毫的注意。

　　下面是她的自述。

　　我是在巴黎生长的。我从小就爱读天方夜谭的故事,以及当代描写东方的文学;啊东方,我的童真的梦魂哪一刻不在它的玫瑰园中留恋?十四岁那年我的姊姊带我上北京去住,她在那边开一个时式的帽铺,有一天我看见一个小身材的中国人来买帽子,我就觉着奇怪,一来他长得异样的清秀,二来他为什么要来买那样时式的女帽;到了下午一个女太太拿了方才买去的帽子来换了,我姊姊就问她那中国人是谁,她说是她的丈夫,说开了头她就讲她当初怎样为爱他触怒了自己的父母,结果断绝了家庭和他结婚,但她一点也不追悔,因为她的中国丈夫待她怎样好法,她不信西方人会得像他那样体贴,那样温存。我再也忘不了她说话时满心怡悦的笑容。从此我仰慕东方的私衷又添深了一层颜色。

　　我再回巴黎的时候已经长成了,我父亲是最宠爱我的,我要什么他就给我什么。我那时就爱跳舞,啊,那些迷醉轻易的时光,巴黎哪一处舞场上不见我的舞影。我的妙龄,我的颜色,我的体态,我的聪慧,尤其是我那媚人的大眼——啊,如今你见的只是悲惨的余生再不留当时的丰韵——制定了我初期的堕落。我说堕落不是？是的，堕落，人生哪处不是堕落，这社会哪里容得一个有姿色的女人保全她的清洁？我正快走入险路的时候，我那慈爱的老父早已看出我的倾向，私下安排了一个机会，叫我与一个有爵位的英国人接近。一个十七岁的女子哪有什么主意，在两个月内我就做了新娘。

说起那四年结婚的生活，我也不应得过分地抱怨，但我们欧洲的势利的社会实在是树心里生了蠹，我怕再没有回复健康的希望。我到伦敦去做贵妇人时我还是个天真的孩子，哪有什么机心，哪懂得虚伪的卑鄙的人间的底里，我又是个外国人，到处遭受妒忌与批评。还有我那叫名的丈夫。他娶我究竟为什么动机我始终不明白，许贪我年轻贪我貌美带回家去广告他自己的手段，因为真的我不曾感着他一息的真情；新婚不到几时他就对我冷淡了，其实他就没有热过，碰巧我是个傻孩子，一天不听着一半句软语，不受些温柔的怜惜，到晚上我就不自制的悲伤。他有的是钱，有的是趋奉谄媚，成天在外打猎作乐，我愁了不来慰我，我病了不来问我，连着三年抑郁的生涯完全消灭了我原来活泼快乐的天机，到第四年实在耽不住了，我与他吵一场回巴黎再见我父亲的时候，他几乎不认识我了。我自此就永别了我的英国丈夫。因为虽则实际的离婚手续在他方面到前年方始办理，他从我走了后也就不再来顾问我——这算是欧洲人夫妻的情分！

我从伦敦回到巴黎，就比久困的雀儿重复飞回了林中，眼内又有了笑，脸上又添了春色，不但身体好多，就连童年时的种种想望又在我心头活了回来。三四年结婚的经验更叫我厌恶西欧，更叫我神往东方。东方，啊，浪漫的多情的东方！我心里常常地怀念着。有一晚，那一个运定的晚上，我就在这屋子内见着了他，与今晚一样的歌声，一样的舞影，想起还不就是昨天，多飞快的光阴，就可怜我一个单薄的女子，无端叫运神摆布，在情网里颠连，在经验的苦海里沉沦，朋友，我自分是已经埋葬了的活人，你何苦又来逼我把往事掘起，我的话是简短的，但我身受的苦恼，朋友，你信我，是不可量的；你望我的眼里看，凭着你的同情你可以在刹那间领会我灵魂的真际！

他是菲利滨①人，也不知怎的我初次见面就迷了他。他肤色是深黄的，但他的性情是不可信的温柔；他身材是短的，但他的私语有多叫人销魂的魔力？啊，我到如今还不能怨他；我爱他太深，我爱他太真，我如何能一刻忘他，虽则他到后来也是一样的薄情，一样的冷酷。你不倦么，朋友，等我讲给你听？

我自从认识了他我便倾注给他我满怀的柔情，我想他，那负心的他，也够他的享受，那三个月神仙似的生活！我们差不多每晚在此聚会的。秘谈是他与我，欢舞是他与我，人间再有更甜美的经验吗？朋友你知道痴心人赤心爱恋的疯狂吗？因为不仅满足了我私心的想望，我十多年梦魂缭绕的东方理想的实现。有他我什么都有了，此外我更有什么沾恋？因此等到我家

---

① 菲利滨：通译菲律宾。

里为这事情与我开始交涉的时候,我更不踌躇与我生身的父母根本决绝。我此时又想起了我垂髫时在北京见着的那个嫁中国人的女子,她与我一样也为了痴情牺牲一切,我只希冀她这时还能保持着她那纯爱的生活,不比我这失运人成天在幻灭的辛辣中回味。

我爱定了他。他是在巴黎求学的,不是贵族,也不是富人,那更使我放心,因为我早年的经验使我迷信真爱情是穷人才能供给的。谁知他骗了我——他家里也是有钱的,那时我在热恋中抛弃了家,牺牲了名誉,跟了这黄脸人离却巴黎,辞别欧洲,经过一个月的海程,我就到了我理想的灿烂的东方。啊,我那时的希望与快乐!但才出了红海,他就上了心事,经我再三地逼,他才告诉他家里的实情,他父亲是菲利滨最有钱的土著,性情是极严厉的,他怕轻易不能收受我进他们的家庭。我真不愿意把此后可怜的身世烦你的听,朋友,但那才是我痴心人的结果,你耐心听着吧!

东方,东方才是我的烦恼!我这回投进了一个更陌生的社会,呼吸更沉闷的空气;他们自己中间也许有他们温软的人情,但轮着我的却一样还只是猜忌与讥刻,更不容情地刺袭我的孤独的性灵。果然他的家庭不容我进门,把我看作一个"巴黎淌来的可疑的妇人"。我为爱他也不知忍受了多少不可忍的侮辱,吞了多少悲泪,但我自慰的是他对我不变的恩情。因为在初到的一时他还是不时来慰我——我独自赁屋住着。但慢慢地也不知是人言浸润还是他原来爱我不深,他竟然表示割绝我的意思。朋友，试想我这孤身女子牺牲了一切为的还不是他的爱，如今连他都离了我，那我更有什么生机？我怎的始终不曾自毁，我至今还不信，因为我那时真的是没路走了。我又没有钱，他狠心丢了我，我如何能再去缠他，这也许是我们白种人的倔强，我不久便揩干了眼泪，出门去自寻活路。我在一个菲美合种人的家里寻得了一个保姆的职务；天幸我生性是耐烦领小孩的——我在伦敦的日子没孩子管，我就养猫弄狗——救活我的是那三五个活灵的孩子，黑头发短手指的乖乖。在那炎热的岛上我是过了两年没颜色的生活，得了一次凶险的热病，从此我面上再不存青年期的光彩。我的心境正稍稍回复平衡的时候两件不幸的事情又临着了我：一件是我那他与另一女子的结婚，这消息使我昏绝了过去，一件是被我弃绝的慈父也不知怎的问得了我的踪迹，来电说他老病快死要我回去。啊，天罚我！等我赶回巴黎的时候正好赶着与老人诀别，忏悔我先前的造孽！

　　从此我在人间还有什么意趣？我只是个实体的鬼影，活动的尸体；我的心也早就死了，再也不起波澜；在初次失望的时候我想象中还有个辽远的东方，但如今东方只在我的心上留下一个鲜明的新伤，我更有什么希冀，更有什么心情？但我每晚还是不自主地到这饭店里来小坐，正如死去的鬼魂忘不了他的老家！我这一生的经验本不想再向人前吐露的，谁知又碰着了你，苦苦地追着我，逼我再一度撩拨死尽的火灰，这来你够明白了，为什么我老是这落寞的神情，我猜你也是过路的客人，我深深自幸又接近一次人情的温慰，但我不敢希望什么，我的心是死定了的，时候也不早了，你看方才舞影凌乱的地板上现在只剩一片冷淡的灯光，侍役们已经收拾干净，我们也该走了，再会吧，多情的朋友！

二 "先生，你见过艳丽的肉没有？"

我在巴黎时常去看一个朋友，他是一个画家，住在一条老闻着鱼腥的小街底头一所老屋子的顶上一个A字式的尖阁里，光线暗惨得怕人，白天就靠两块日光胰子大小的玻璃窗给装装幌，反正住的人不嫌就得，他是照例不过正午不起身，不近天亮不上床的一位先生，下午他也不居家，起码总得上灯的时候他才脱下了他的开裆露出两条破烂的臂膀埋身在他那艳丽的垃圾窝里开始他的工作。

艳丽的垃圾窝——它本身就是一幅妙画！我说给你听听。贴墙有精窄的一条上面盖着黑毛毡的算是他的床，在这上面就准你规规矩矩地躺着，不说起坐一定扎脑袋，就连翻身也不免冒犯斜着下来永远不退让的屋顶先生的身份！承着顶尖全屋子顶宽舒的部分放着他的书桌——我捏着一把汗叫它书桌，其实还用提吗，上边什么法宝都有，画册子、稿本、黑炭、颜色盘子、烂袜子、领结、软领子、热水瓶子压瘪了的、烧干了的酒精灯、电筒、各色的药瓶、彩油瓶、脏手绢、断头的笔杆、没有盖的墨水瓶子。一柄手枪，那是瞒不过我花七法郎在密歇耳大街路旁旧货摊上换来的。照相镜子、小手镜、断齿的梳子、蜜膏、晚上喝不完的咖啡杯、详梦的小书,还有——还有可疑的小纸盒儿,凡士林一类的油膏,……一只破木板箱一头漆着名字上面蒙着一块灰色布的是他的梳妆台兼书架,一个洋瓷面盆半盆的胰子水似乎都叫一部旧版的卢骚集子给饕了去,一顶便帽套在洋瓷长提壶的耳柄上,从袋底里倒出来的小铜钱错落的散着像是土耳其人的符咒,几只稀小的烂苹果围着一条破香蕉像是一群大学教授们围着一个教育次长索薪……

　　壁上看得更斑斓了:这是我顶得意的一张庞那①的底稿当废纸买来的,这是我临蒙内②的裸体,不十分行,我来撩起灯罩你可以看清楚一点,草色太浓了,那漆部画坏了,这一小幅更名贵,你认是谁,罗丹的!那是我前年最大的运气,也算是借来的,老巴黎就是这点子便宜,挨了半年八个月的饿不要紧,只要有机会捞着真东西,这还不值得!那边一张挤在两幅油画缝里的,你见了没有,也是有来历的,那是我前年趁马克倒霉路过佛兰克福德③时夹手抢来的,是真的孟察尔④都难说,就差糊了一点,现在你给三千法郎我都不卖,加倍再加倍都值,你信不信?再看那一长条……在他那手指东点西的卖弄他的家珍的时候,你竟会忘了你站着的地方是不够六尺阔的一间阁楼,倒像

---

① 庞那:通译波纳尔,法国画家。
② 蒙内:通译马奈,法国画家。
③ 佛兰克福德:通译法兰克福,德国城市。
④ 孟察尔:通译孟克,挪威画家,曾居德国。

跨在你头顶那两爿斜着下来的屋顶也顺着他那艺术谈法术似的隐了去，露出一个爽垲的高天，壁上的疙瘩，壁蟢窠，霉块，钉疤，全化成了哥罗[1]画帧中"飘摇欲化烟"的最美丽树林与轻快的流涧；桌上的破领带及手绢烂香蕉臭袜子等等也全变形成戴大阔边稻草帽的牧童们，偎着树打盹的，牵着牛在涧里喝水的，手反衬着脑袋放平在青草地上瞪眼看天的，斜眼溜着那边走进来的娘们手按着音腔吹横笛的——可不是那边来了一群娘们，全是年岁青青的，露着胸膛，散着头发，还有光着白腿的在青草地上跳着来了？……嗯！小心扎脑袋，这屋子真别扭，你出什么神来了？想着你的Bel Ami[2]对不对？你到巴黎快半个月，该早有落儿了，这年头收成真容易——呒，太容易了！谁说巴黎不是理想的地狱？你吸烟斗吗？这儿有自来火。对不起，屋子里除了床，就是那张弹簧早经追悼过了的沙发，你坐坐吧，给你一个垫子，这是全屋子顶温柔的一样东西。

不错，那沙发，这阁楼上要没有那张沙发，主人的风格就落了一个极重要的元素。说它肚子里的弹簧完全没了劲，在主人说是太谦，在我说是简直污蔑了它。因为分明有一部分内簧是不曾死透的，那在正中间，看来倒像是一座分水岭，左右都是往下倾的，我初坐下时不提防它还有弹力，倒叫我骇了一下；靠手的套布可真是全霉了，露着黑黑黄黄不知是什么

---

[1] 哥罗：通译柯罗，法国画家。
[2] 这个法语词组有误，应为Bon Ami（好朋友），或Belle Amie（漂亮的朋友），从文中意思看似指后者。

货色，活像主人衬衫的袖子。我正落了座，他咬了咬嘴唇翻一翻眼珠微微地笑了。笑什么了你？我笑——你坐上沙发那样儿叫我想起爱菱。爱菱是谁？她呀——她是我第一个模特儿。模特儿？你的？你的破房子还有模特儿，你这穷鬼花得起……别急，究竟是中国初来的，听了模特儿就这样的起劲，看你那脖子都上了红印了！本来不算事，当然，可是我说像你这样的破鸡棚……破鸡棚便怎么样，耶稣生在马号里的，安琪儿们都在马矢里跪着礼拜哪！别忙，好朋友，我讲你听。如其巴黎人有一个好处，他就是不势利！中国人顶糟了，这一点；穷人有穷人的势利，阔人有阔人的势利，半不阑珊的有半不阑珊的势利——那才是半开化，才是野蛮！你看像我这样子，头发像刺猬，八九天不刮的破胡子，半年不收拾的脏衣服，鞋带扣不上的皮鞋——要在中国，谁不叫我外国叫花子，哪配进北京饭店一类的势利场；可是在巴黎，我就这样儿随便问哪一个衣服顶漂亮脖子搽得顶香的娘们跳舞，十回就有九回成，你信不信？至于模特儿，那更不成话，哪有在巴黎学美术的，不论多穷，一年里不换十来个眼珠亮亮的来坐样儿？屋子破更算什么？波希民①的生活就是这样，按你说模特儿就不该坐坏沙发，你得准备杏黄贡缎绣丹凤朝阳坐垫的太师椅请她坐你才安心对不对？再说……

别再说了！算我少见世面，算我是乡下老戆，得了；可是

---

① 波希民：即波希米亚人。

说起模特儿，我倒有点好奇，你何妨讲些经验给我长长见识？有真好的没有？我们在美术院里见着的什么维纳丝得米罗①，维纳丝梅第妻②，还有铁青③的，鲁班师④的，鲍第千里⑤的，丁稻来笃⑥的，箕奥其安内⑦的裸体实在是太美，太理想，太不可能，太不可思议？反面说，新派的比如雪尼约克⑧的，玛提斯⑨的，塞尚的，高耿⑩的，弗朗剌马克⑪的，又是太丑，太损，太不像人，一样的太不可能，太不可思议。人体美，究竟怎么一回事？我们不幸生长在中国女人衣服一直穿到下巴底下腰身与后部看不出多大分别的世界里，实在是太蒙昧无知，太不开眼。可是再说呢，东方人也许根本就不该叫人开眼的，你看过约翰巴里士⑫那本《沙扬娜拉》没有，他那一段形容一个日本裸体舞女——就是一张脸子粉搽得像棺材里爬起来的颜色，此外耳朵以后下巴以下就比如一节蒸不透的珍珠米！——看了真叫人恶心。你们学美术的才有第一手的经验，我倒是……

你倒是真有点羡慕，对不对？不怪你，人总是人。不瞒你说，我学画画原来的动机也就是这点子对人体秘密的好奇。你

---

① 维纳丝得米罗：通译为米罗的维纳斯，米罗是意大利的一个岛屿。
② 维纳丝梅第妻：通译为维纳斯梅迪西，梅迪西是意大利爱神。
③ 铁青：通译为提香，意大利文艺复兴时期画家。
④ 鲁班师：通译为鲁本斯，佛兰德斯画家。
⑤ 鲍第千里：通译为波提切利，意大利文艺复兴时期画家。
⑥ 丁稻来笃：通译为丁托列托，意大利文艺复兴时期画家。
⑦ 箕奥其安内：通译为乔·乔尼，意大利文艺复兴时期画家。
⑧ 雪尼约克：通译为西涅克，法国画家。
⑨ 玛提斯：通译为马蒂斯，法国画家。
⑩ 高耿：通译为高更，法国画家。
⑪ 弗朗剌马克：通译为弗朗茨·马尔克，德国画家。
⑫ 约翰巴里士：通译为约翰·贝勒斯，英国教育思想家。

说我穷相，不错，我真是穷，饭都吃不出，衣都穿不全，可是模特儿——我怎么也省不了。这对人体美的欣赏在我已经成了一种生理的要求，必要的奢侈，不可摆脱的嗜好；我宁可少吃俭穿，省下几个法郎来多雇几个模特儿。你简直可以说我是着了迷，成了病，发了疯，爱说什么就什么，我都承认——我就不能一天没有一个精光的女人耽在我的面前供养，安慰，喂饱我的"眼淫"。当初罗丹我猜也一定与我一样的狼狈，据说他那房子里老是有剥光了的女人，也不为坐样儿，单看她们日常生活"实际的"多变化的姿态——他是一个牧羊人，成天看着一群剥了毛皮的驯羊！鲁班师那位穷凶极恶的大手笔，说是常难为他太太做模特儿，结果因为他成天不断地画，他太太竟许连穿裤子的空儿都难得有！但如果这话是真的，鲁班师还是太傻，难怪他那画里的女人都是这剥白猪似的单调，少变化；美的分配在人体上是极神秘的一个现象，我不信有理想的全才，不论男女我想几乎是不可能的；上帝拿着一把颜色望地面上撒，玫瑰、罗兰、石榴、玉簪、剪秋罗，各样都沾到了一种或几种的彩泽，但决没有一种花包涵所有可能的色调的，那如其有，按理论讲，岂不是又得回复了没颜色的本相？人体美也是这样的，有的美在胸部，有的腰部，有的下部，有的头发，有的手，有的脚踝，那不可理解的骨骼、筋肉、肌理的会合，形成各各不同的线条，色调的变化，皮面的涨度，毛管的分配，天然的姿态，不可制止的表情——也得你不怕麻烦细心体会发见去，上帝没有这样便宜你的事情，他决不给你一个具体的绝对美，如果有我们所有艺术的努力就没了意义；巧妙就在你明知这山里有金子，可是在哪一点你得自己下功夫去找。啊！说起这艺术家审美的本能，我真要闭着眼感谢上帝——要不是它，岂不是所有人体的美，说窄一点，都变了古长安道上历代帝王的墓窟，全叫一层或几层薄薄的衣服给埋没了！回头我给你看我那张破床底下有一本宝贝，我这十年血汗辛苦的成绩——千把张的人体临摹，而且十分之九是在这间破鸡棚里勾下的，别看低我这张弹簧早经追悼了的沙发，这上面落座过至少一二百个当得起美字的女人！别提专门做模特儿的，巴黎哪一个不知道俺家黄脸什么，那不算希奇，我自负的是我独到的发现：一半因为看多了的缘故，女人肉的引诱在我差不多完全消灭在美的欣赏里面，结果在我这双"淫眼"看来，一丝不挂的女人就同紫霞宫里翻出来的尸首穿得重重密密的摇不动我的性欲，反面说当真穿着得极整齐的女人，不论她在人堆里站着，在路上走着，只要我的眼到，她的衣服的障碍就无形地消灭，正如老练的矿师一瞥就认出矿苗，我这美术本能也是一瞥就认出"美苗"，一百次里错不了一次；每回发见了可能的时候，我就非想法找到她剥光了她叫我看个满意不成，上帝保佑这文明的巴黎，我失望的时候真难得有！我记得有一次在戏园子看着了一个贵妇人，实在没法想（我当然试来）我那难受就不用提了，比发疟疾还难受——她那特长分明是在小腹与……

够了够了！我倒叫你说得心痒痒的。人体美！这门学问，这门福气，我们不幸生长在东方谁有机会研究享受过来？可是我既然到了巴黎，不幸气碰着你，我倒真想叨你的光开开我的眼，你得替我想法，要找在你这宏富的经验中比较最贴近理想的一个看看……

你又错了，什么，你意思花就许巴黎的花香，人体就许巴黎的美吗？太灭自己的威风了！别信那巴里士什么《沙扬娜拉》的胡说：听我说，正如东方的玫瑰不比西方的玫瑰差什么香味，东方的人体在得到相当的栽培以后，也同样不能比西方的人体差什么美——除了天然的限度，比如骨骼的大小，皮肤的色彩。同时顶要紧的当然要你自己性灵里有审美的活动，你得有眼睛，要不然这宇宙不论它本身多美多神奇在你还是白来的，我在巴黎苦过这十年，就为前途有一个宏愿：我要张大了我这经过训练的"淫眼"到东方去发现人体美——谁说我没有大文章做出来？至于你要借我的光开开眼，那是最容易不过的事情，可是我想想——可惜了！有个马达姆①朗洒，原先在巴黎大学当物理讲师的，你看了准忘不了，现在可不在了，到伦敦去了；还有一个马达姆薛托漾，她是远在南边乡下开面包铺子的，她就够打倒你所有的丁稻来笃，所有的铁青，所有的箕奥其安内——尤其是给你这未入流看，长得太美了，她通体就看不出一根骨头的影子，全叫匀匀的肉给隐住的，圆的，润的，有一致节奏的，那妙是一百个哥蒂蔼②也形容不全的，尤其是她那腰以下的结

---

① 马达姆：法语madam的音译，即"太太"、"女士"。
② 哥蒂蔼：通译为戈蒂埃，法国诗人、小说家、批评家。

构,真是奇迹!你从意大利来该见过西龙尼维纳丝①的残像,就那也只能仿佛,你不知道那活的气息的神奇,什么大艺术天才都没法移植到画布上或是石塑上去的,因此我常常自己心里辩论究竟是艺术高出自然还是自然高出艺术,我怕上帝僭先的机会毕竟比凡人多些;不提别的单就她站在那里你看,从小腹接桎上股那两条交荟的弧线起直往下贯到脚着地处止,那肉的浪纹就比是——实在是无可比——你梦里听着的音乐:不可信的轻柔,不可信的匀净,不可信的韵味——说粗一点,那两股相并处的一条线直贯到底,不漏一屑的破绽,你想通过一根发丝或是吹度一丝风息都是绝对不可能的——但同时又决不是肥肉的粘着,那就呆了。真是梦!唉,就可惜多美一个天才偏叫一个身高六尺三寸长红胡子的面包师给糟踢了;真的这世上的姻缘说来真怪,我很少看见美妇人不嫁给猴子类牛类水马类的丑男人!但这是支话。眼前我招得到的,够资格的也就不少——有了,方才你坐上这沙发的时候叫我想起了爱菱,也许你与她有缘分,我就为你招她去吧,我想应该可以容易招到的。可是上哪儿呢?这屋子终究不是欣赏美妇人的理想背景,第一不够开展,第二光线不够——至少为外行人像你一类着想……我有了一个顶好的主意,你远来客我也该独出心裁招待你一次,好在爱菱与我特别的熟,我要她怎么她就怎么;暂且约定后天吧,你

---

① 西龙尼维纳丝:通译为西龙尼维纳斯,西龙尼,古希腊城。

上午十二点到我这里来,我们一同到芳丹薄罗①的大森林里去,那是我常游的地方,尤其是阿房奇石相近一带,那边有的是天然的地毯,这一时是自然最妖艳的日子,草青得滴得出翠来,树绿得涨得出油来,松鼠满地满树都是,也不很怕人,顶好玩的,我们决计到那一带去秘密野餐吧——至于"开眼"的话,我包你一个百二十分的满足,将来一定是你从欧洲带回家最不易磨灭的一个印象!一切有我布置去,你要是愿意贡献的话,也不用别的,就要你多买大杨梅,再带一瓶橘子酒,一瓶绿酒、我们享半天闲福去。现在我讲得也累了,我得躺一会儿,我拿我床底下那本秘本给你先揣摩揣摩……

隔一天我们从芳丹薄罗林子里回巴黎的时候,我仿佛刚做了一个最荒唐,最艳丽,最秘密的梦。

---

① 芳丹薄罗:通译枫丹白露,巴黎远郊一处游览地。

《猛虎集》序文

在诗集子前面说话不是一件容易讨好的事。说得近于夸张了,自己面上说不过去,过分谦恭又似乎对不起读者。最干脆的办法是什么话也不提,好歹让诗篇它们自身去承当。但书店不肯同意;他们说如其作者不来几句序言,书店做广告就无从着笔。作者对于生意是完全外行,但他至少也知道书卖得好不仅是书店有利益,他自己的版税也跟着像样,所以书店的意思,他是不能不尊敬的。事实上我已经费了三个晚上,想写一篇可以帮助广告的序。可是不相干,一行行写下来只是仍旧给涂掉,稿纸糟蹋了不少张,诗集的序终究还是写不成。

况且写诗人一提起写诗他就不由得伤心。世界上再没有比写诗更惨的事;不但惨,而且寒伧。就说一件事,我是天生不长髭须的,但为了一些破烂的句子,就我也不知曾经拈断了多少根想象的长须!

这姑且不去说它。我记得我印第二集诗的时候曾经表示过此后不再写诗一类的话。现在如何又来了一集,虽则转眼间四个年头已经过去。就算这些诗全是这四年内写的(实在有几首要早到十三年份），每年平均也只得十首，一个月还派不到一首，况且又多是短短一橛的。诗固然不能论长短，如同Whistler①说画幅是不能用田亩来丈量的。但事实是咱们这年头一口气总是透不长——诗永远是小诗，戏永远是独幕，小说永远是短篇。每回我望到莎士比亚的戏，丹丁②的《神曲》，歌德的《浮士德》一类作品，比方说，我就不由得感到气馁，觉得我们即使有一些声音，那声音是微细得随时可以用一个小拇指给掐死的。天呀！哪天我们才可以在创作里看到使人起敬的东西？抗战天我们这些细嗓子才可以豁免混充大花脸的急涨的苦恼？

说到我自己的写诗，那是再没有更意外的事了。我查过我的家谱，从永乐以来我们家里没有写过一行可供传诵的诗句。在二十四岁以前我对于诗的兴味远不如我对于"相对论"或"民约论"的兴味。我父亲送我出洋留学是要我将来进"金融界"的，我自己最高的野心是想做一个中国的Hamilton！③在二十四岁以前，诗不论新旧，于我是完全没有相干。我这样一个人如果真会成功一个诗人——那还有什么话说？

但生命的把戏是不可思议的！我们都是受支配的善良的生灵，哪件事我们做得了主？整十年前我吹着了一阵奇异的风，也许照着了什么奇异的月色，从此起，我的思想就倾向于分行的抒

---

① Whistler：惠斯勒，美国画家。
② 丹丁：通译但丁，意大利诗人。
③ Hamilton：美国建国初期的重要政治家，汉密尔顿。

写。一份深刻的忧郁占定了我；这忧郁，我信，竟于渐渐的潜化了我的气质。

话虽如此，我的尘俗的成分并没有甘心退让过；诗灵的稀小的翅膀，尽他们在那里腾扑，还是没有力量带了这整份的累赘往天外飞的。且不说诗化生活一类的理想那是谈何容易实现，就说平常在实际生活的压迫中偶尔挣出八行十二行的诗句都是够艰难的。尤其是最近几年，有时候自己想着了都害怕，日子悠悠地过去，内心竟可以一无消息，不透一点亮，不见丝纹的动。我常常疑心这一次是真的干了完了的。如同契玦腊①的一身美是问神道通融得来限定日子要交还的，我也时常疑虑到我这些写诗的日子也是什么神道因为怜悯我的愚蠢，暂时借给我享用的非分的奢侈。我希望他们可怜一个人可怜到底！

一眨眼十年已经过去。诗虽则连续地写，自信还是薄弱到极点。"写是这样写下了"。我常自己想，"但谁知道这就能算是诗吗？"就经验说，从一点意思的晃动到一篇诗的完成，这中间几乎没有一次不经过唐僧取经似的苦难的。诗不仅是一种分娩，它并且往往是难产！这分甘苦是只有当事人自己知道。一个诗人，到了修养极高的境界，如同泰戈尔先生，比方说，也许可以一张口就有精圆的珠子吐出来，这事实上我亲眼见过来的不打谎，但像我这样既无天才又少修养的人如何说得上？

只有一个时期我的诗情真有些像是山洪暴发，不分方向地

---

① 契玦腊：泰戈尔的同名剧本中的女主人公。

乱冲。那就是我最早写诗那半年,生命受了一种伟大力量的震撼,什么半成熟的未成熟的意念都在指顾间散作缤纷的花雨。我那时是绝无依傍,也不知顾虑。心头有什么郁积,就付托腕底胡乱给爬梳了去,救命似的迫切,那还顾得了什么美丑,我在短时期内写了很多,但几乎全部都是见不得人面的,这是一个教训。

我的第一集诗——《志摩的诗》——是我十一年回国后两年内写的;在这集子初期的汹涌性虽已消灭,但大部分还是情感的无关阑的泛滥,什么诗的艺术或技巧都谈不到。这问题一直要到民国十五年我和一多、今甫一群朋友在《晨报副镌》刊行诗刊时方才开始讨论到。一多不仅是诗人,他也是最有兴味探讨诗的理论和艺术的一个人。我想这五六年来我们几个写诗的朋友多少都受到《死水》的作者的影响。我的笔本来是最不受羁勒的一匹野马,看到了一多的谨严的作品我方才憬悟到我自己的野性;但我素性的落拓始终不容我追随一多他们在诗的理论方面下过任何细密的工夫。

我的第二集诗——《翡冷翠的一夜》——可以说是我的生活上的又一个较大的波折的留痕。我把诗稿送给一多看,他回信说"这比《志摩的诗》确乎是进步了——一个绝大的进步"。他的好话我是最愿意听的,但我在诗的"技巧"方面还是那楞生生的丝毫没有把握。

最近这几年生活不仅是极平凡,简直是到了枯窘的深处。跟着诗的产量也尽"向瘦小里耗"。要不是去年在中大认识了梦家和玮德两个年青的诗人,他们对于诗的热情,在无形中又鼓动了我奄奄的诗心,第二次又印《诗刊》,我对于诗的兴味,我信,竟可以消沉到几乎完全没有。今年在六个月内在上海与北京间来回奔波了八次,遭了母丧,又有别的不少烦心的事,人是疲乏极了的,但继续的行动与北京的风光却又在无意中摇活了我久蛰的性灵。抬起头居然又见到天了。眼睛睁开了心也跟着开始跳动了。嫩芽的青紫,劳苦社会的光与影,悲欢的图案,一切的动,一切的静,重复在我的眼前展开,有声色与有情感的世界重复为我存在;这仿佛是为了要挽救一个曾经有单纯信仰的流入怀疑的颓废,那在帷幕中隐藏着的神通又在那里栩栩的生动,显示它的博大与精微,要他认清方向,再别错走了路。

  我希望这是我的一个真的复活的机会。说也奇怪,一方面虽则明知这些偶尔写下的诗句,尽是些"破破烂烂"的,万谈不到什么久长的生命,但在作者自己,总觉得写得成诗不是一件坏事,这至少证明一点性灵还在那里挣扎,还有它的一口气。我这次印行这第三集诗没有别的话说,我只要借此告慰我的朋友,让他们知道我还有一口气,还想在实际生活的重重压迫下透出一些声响来的。

  你们不能更多地责备。我觉得我已是满头的血水,能不低头已算是好的。你们也不用提醒我这是什么日子;不用告诉我这遍地的灾荒,与现有的以及在隐伏中的更大的变乱,不用向我说正今天就有千万人在大水里和身子侵着,或是有千千万人在极度的饥饿中叫救命；也不用劝告我说几行有韵或无韵的诗句是救不活半条人命的；更不用指点我说我的思想是落伍或是我的韵脚是根据不合时宜的意识形态的……这些，还有别的很多，我知道，我全知道；你们一说到只是叫我难受又难受。我再没有别的话说，我只要你们记得有一种天教歌唱的鸟不到呕血不住口，它的歌里有它独自知道的别一个世界的愉快，也有它独自知道的悲哀与伤痛的鲜明；诗人也是一种痴鸟，他把他的柔软的心窝紧抵着蔷薇的花刺，口里不住地唱着星月的光辉与人类的希望，非到他的心血滴出来把白花染成大红他不住口。他的痛苦与快乐是浑成的一片。